Magari fosse vero

Altri libri di Keira Andrews in italiano

Contemporanei

Luna di miele per single
Beyond the sea

Azione e avventura

Valor on the move
Test of Valor
Fuoco nel ghiaccio
The Chimera Affair
In capo al mondo

Romanzi di Natale

Magari fosse vero
Il patto di Natale
Rischi d'amore a Natale
Un Natale segreto
Merry cherry Christmas
Only One Bed

Bagnini

Corrente improvvisa

Sport

Kiss and Cry
Segni d'intesa

Storici

Rapito dal Pirata

Paranormali

Contro la tenebra
Contro la marea
Sfida al futuro

Magari fosse vero

KEIRA ANDREWS

Grazie come sempre ad Anne-Marie, Becky, Mary e Rachel per i betaggi impagabili e l'amicizia.

Questa storia è per tutti i lettori che amano quanto me i romance natalizi. Vi auguro di trascorrere un Natale, Hanukkah, Kwanza, Solstizio o Festivus felice e luminoso!

Capitolo uno

Charlie

21 dicembre

«È UN ATTO di Dio.»

Rivolsi un sorriso forzato alla donna matura dietro al bancone della Sojourn Airways. «Non credo sia il momento giusto per un dibattito teologico, ma lo definirei piuttosto un atto di Madre Natura.» Cercai di ridere, e mi uscì una specie di piccolo *ah-ah* triste e floscio.

La sua espressione piatta, tesa dalla crocchia ingrigita, non ebbe il minimo sussulto. Affissa alla camicetta viola della sua uniforme, una spilletta annunciava: *Il servizio clienti è la nostra specialità. Niente tariffe aggiuntive!* «Signore, è il termine ufficiale con cui la nostra linea aerea definisce le condizioni metereologiche che esulano dal nostro controllo.»

«Giusto, capito. Senta…» Controllai la targhetta del nome. «Senta, Susan, il punto è che devo imbarcarmi il prima possibile su un aereo per New York. JFK, LaGuardia, Newark… Fa lo stesso. Accetterò persino Filadelfia, se proprio devo.» Forzai un altro sorriso. «Sono sempre pronto a mangiare un panino cheesesteak.»

La linea severa della bocca di Susan rimase immutata. «Per oggi non ci sono aerei in arrivo o in partenza da San Francisco. Come le ho detto, il nostro sistema le ha già prenotato un altro volo.»

«Per il ventisei!»

«Sì.»

«Ma Natale è il venticinque!» La disperazione che avevo cercato di tenere a bada con quel senso dell'umorismo super patetico mi artigliò con una zampata possente.

«Davvero? Non ne avevo idea.»

Be', quantomeno sembrava che i leader alieni di Susan le avessero impiantato il chip del sarcasmo, anche se avevano tralasciato quello della compassione. Inspirai a fondo. «So che questa nebbia stile fine-del-mondo ha ingorgato tutto, ma non potete posticiparmi il volo a *dopo Natale*! È assurdo!» Pensai al visetto tondo di Ava rigato di lacrime quando ero partito per il college, e a come le avevo promesso che sarei tornato per le vacanze. «Ho dei programmi. Devo salire sul prossimo volo. *Devo*.»

Susan batté le dita sul computer, senza più neanche scomodarsi a guardarmi. «Non sono stata io a posticiparle il volo, signor Yates. L'ha fatto la compagnia aerea. Anche i voli di ieri sono stati annullati tutti e questo è il periodo di viaggio più trafficato.» Recitò la frase con un'intonazione molto simile a quella con cui mia madre aveva letto le istruzioni dell'Ikea mentre montavamo la libreria Billy in camera mia. «Ci sono migliaia e migliaia di passeggeri prima di lei. Anche prima che calasse questa nebbia, la bufera di neve sulla East Coast aveva già contribuito a un grosso accumulo di prenotazioni.»

«Ma ho promesso alla mia sorellina che sarei stato a casa.» Stavo piagnucolando, lo sapevo, e la mia voce vacillò mentre mi si chiudeva la gola.

Curvando gli angoli della bocca all'ingiù, Susan mi lanciò un'occhiata. Il suo tono si ammorbidì. «Se potessi fare qualcosa, lo farei.»

In qualche modo, quell'inaspettata compassione mi fece sentire ancora peggio. Mi schiarii la gola, il rischio di scoppiare in lacrime era una possibilità orripilante. *Non farlo, Charlie. Tira fuori le palle.* «D'accordo. La ringrazio. Crede che potrei partire con un'altra linea?»

«Temo che siano tutte nelle stesse condizioni.»

«Le liste d'attesa?»

Scosse la testa e agitò la mano verso la massa di umanità che intasava il terminal alle mie spalle. «Hanno avuto tutti la stessa idea. Come ho già detto, prima del suo avevano già annullato decine di voli. È del tutto impossibile che lei riesca a partire prima del ventisei, e questo ammesso che la nebbia si alzi presto e smetta di piovere. E che non ricominci a nevicare pesantemente sulla costa orientale.»

Con un cenno mi allontanai dal bancone, trascinandomi dietro la mia stupidissima valigiona rosa. Potevo anche essere un finocchio fatto e finito, e non me ne vergognavo, ma se fosse stato per me non sarei andato in giro con un bagaglio fucsia. Ava l'aveva scelto con tanta gioia che non avevo saputo rifiutarmi. Quantomeno aveva quattro rotelle ed era espansibile, il che faceva comodo visto che era strapieno di regali di Natale.

Avevo preso ad Ava alcuni giochi di costruzioni vecchio stile a tema Transformer, ed ero riuscito pure a scovarle delle statuette rétro dei personaggi di *Star Wars*. La sua preferita era la principessa Leia, dato che anche a otto anni Ava aveva gusti eccellenti e capiva che la trilogia classica era strasuperiore. Su eBay avevo trovato una Leia versione Hoth, quella originale con le doppie trecce arrotolate, e un'ancor più rara versione Cloud City, insieme a un tostissimo Boba Fett.

Adesso non avrebbe potuto riceverli la mattina di Natale. Non mi sarei svegliato con lei all'alba per aprire le calze e fiondarci a trascinare i nostri genitori giù dal letto perché Natale era troppo divertente per dormire.

Una preadolescente ferma accanto a una pila di valigie piagnucolò: «Non è *giusto*!» rivolta ai genitori, le braccia incrociate sul petto e gli occhi pieni di lacrime.

Sbuffando, borbottai: «Quando mai la vita è stata giusta?» Molto di rado, a quanto ne sapevo, e mai quando si trattava di Ava. Mi rifugiai nel bagno più vicino per spruzzarmi un po' d'acqua sul volto e cercare di riprendermi. Gonfiai le guance con un lungo sospiro e studiai nello specchio la favolosa macchia rossa che mi era appena spuntata sul mento.

Il giorno prima mi ero fatto tagliare i capelli, dato che mia zia Wendy aveva intenzione di scattarci una foto di gruppo accanto all'albero con la sua fotocamera superaccessoriata. Quello era un Natale importante per la famiglia Yates, e io me lo sarei perso. Mi passai una mano sui sottili capelli castani, che si arricciavano sulle punte se non li tenevo corti. Anche quelli di Ava facevano lo stesso, ma non erano ancora abbastanza lunghi da arricciarsi del tutto.

Qualche sera prima ci eravamo sentiti su Skype, e con orgoglio si era passata un pettine tra i pochi centimetri di ricrescita. Aveva anche messo su qualche chilo, e non vedevo l'ora di stringerla tra le braccia e sentirla solida e in salute.

Dovetti inspirare a fondo, la voglia di rivedere lei e i miei genitori era una cavità bruciante nel petto. Feci una smorfia al mio riflesso. Avevo già gli occhi rossi per l'insonnia. Non dormivo mai bene la notte prima di prendere l'aereo, a causa della paranoia di non sentire in qualche modo la sveglia.

Io e Ava avevamo gli stessi occhi: di un azzurro caldo e profondo che si iniettava di sangue come nulla e non aiutava a nascondere le emozioni. Il nonno diceva sempre che, nonostante i dieci anni di differenza, avremmo potuto essere gemelli.

Mi perderò sul serio il Natale. Infrangerò la mia promessa.

La paura che stavo cercando di tenere a bada ruggì, rialzando la testa, e io strinsi forte gli occhi. Sapevo che si era trattato solo di un sogno, e che i sogni non erano profezie, visioni o stronzate del genere. Eppure rabbrividii al ricordo dell'ospedale che in quel sogno ero riuscito finalmente a raggiungere, dopo essermi perso il Natale a forza di guidare lungo le strade sbagliate, facendo curve infinite.

Il dottore del sogno – *dell'incubo* – aveva detto che la ricaduta era stata troppo rapida, che non c'era stato nulla da fare. I miei genitori erano già usciti, perché Ava se n'era andata. Ero arrivato troppo tardi. La mia sorellina era morta e io non avevo potuto dirle addio.

Soffocando un'ondata di nausea, chiusi gli occhi e feci lunghi respiri.

Era solo un sogno. Lei sta bene.

Mi spruzzai di nuovo il viso, fregandomene del fatto che mi stavo bagnando la felpa. Com'era logico non c'erano più salviette di carta, così mi asciugai le mani sui jeans.

Vagai senza meta per il terminal, insinuandomi tra gruppetti di aspiranti viaggiatori scoraggiati e le loro montagne di valigie. La tracolla della borsa mi tirava sul collo e me la sistemai impaziente sulla spalla. Era sabato mattina e i bambini erano a casa da scuola, gli esami universitari erano finiti e c'erano le vacanze invernali. Peccato che, a quanto pareva, le avremmo trascorse al San Francisco International Airport o, nel mio caso, di nuovo nel dormitorio deserto.

Fa la la la la.

Una batteria di televisori trasmetteva la CNN a tutto volume, e mi fermai a guardare il presentatore dai denti sospettosamente scintillanti mettere su una faccia serissima sotto il ciuffo di capelli acconciati alla perfezione. Pulsanti lettere rosse invasero metà dello schermo, annunciando: *ALLERTA METEO!*

«Siamo appena sopravvissuti all'apocalisse di neve a est ed ecco che è il turno della costa ovest! Piogge torrenziali hanno colpito il Pacifico Nordoccidentale, scendendo fino al nord della California. E a San Francisco c'è *l'apocalisse di NEBBIA!*»

Alzai gli occhi al cielo. La tendenza dei media a definire qualunque evento atmosferico "apocalisse" meritava la fucilazione, insieme all'abuso del suffisso "gate". Watergate era passata da un milione di anni. Voltate pagina, gente.

Il bastardo presuntuoso alla TV riuscì persino a sorridere. Avrei scommesso che si chiamasse Chip, o forse Blaine. «Unita alla pioggia, a San Francisco la nebbia ha ridotto così tanto la visibilità che l'amministrazione consiglia di *restare in casa*. Altro che zuppa di piselli: questa roba è melassa!»

Con un sospiro, mi trascinai oltre. Già che c'ero, tanto valeva prendere l'AirTrain fino alla stazione del BART, il sistema di trasporto pubblico dell'area metropolitana di San Francisco. La prospettiva di riportare il culo – e la mia gigantesca valigia – a un campus fantasma mi deprimeva parecchio. Cercai di ricordarmi che non sarebbe stato comunque il peggior Natale della mia vita, ma era una magra consolazione. Quel titolo spettava a pari merito ai Natali degli ultimi due anni, e pregavo che non sarebbero mai stati sconfitti.

Individuai il cartello dell'AirTrain, insieme a un altro: *Centro di autonoleggio*. Inchiodai di botto, evitando per un pelo di farmi tamponare da un carrello delle valigie e da un uomo che mi aggirò borbottando un'imprecazione. Gli urlai dietro una scusa mentre fissavo il cartello, sentendo il cuore accelerare il battito.

Era possibile? Sarei tornato in tempo, se avessi guidato? Lì c'erano pioggia e nebbia, e sulla costa opposta avrei trovato la neve, ma nel tratto centrale sarei certo riuscito a recuperare un po'. Tirando avanti a forza di Red Bull e Twizzer, avrei potuto farcela.

Estrassi il telefono di scatto e cercai su Google il tempo necessario per andare in auto da San Francisco a Norwalk, in Connecticut.

43 ore (4751,7 Km) passando per I-80 E

In pratica si trattava di attraversare il Paese passando per Nevada, Utah, Wyoming, Nebraska, Iowa, Illinois, Indiana, Ohio, Pennsylvania, New Jersey e New York fino ad arrivare in Connecticut. Sembrava estenuante, ma del tutto fattibile. Tenendo conto delle pause per mangiare e strappare qualche ora di sonno qua e là sul sedile posteriore, mi sarebbe perfino avanzato del tempo. Sarei riuscito ad arrivare a casa per la mattina di Natale.

A quel nuovo piano d'azione, l'adrenalina mi schizzò nelle vene come un fulmine e mi affrettai verso la banchina dell'AirTrain. Il percorso attraverso i terminal fino al Centro di Autonoleggio fu interminabile, e tamburellai le dita sulla maniglia di plastica della valigia finché la donna infilata tra me e la porta non mi lanciò un comprensibile sguardo assassino.

Praticamente mi fiondai lungo l'atrio, trascinandomi dietro la valigia. Incredibile a dirsi, nell'area di noleggio non c'era quasi nessuno, e mi avvicinai al primo bancone con un gran sorriso. Non avrei neanche dovuto aspettare! Si trattava con tutta evidenza di un piano fantastico, forse persino di un Atto di Dio. Era destino.

NESSUN VEICOLO DISPONIBILE

Guardai la scritta sbattendo le palpebre. D'accordo, prossimo bancone. Mi demoralizzò un po' vedere lo stesso cartello anche lì. Passai al seguente. E a quello dopo ancora.

E ancora.

Ovvio che non c'erano code: non c'erano più neanche le auto. Proseguii comunque per sicurezza, ma ciascuna delle ditte di noleggio a cui passai davanti era rimasta senza veicoli.

Quando mi avviai verso l'ultima – uno di quegli autonoleggi economici relegati nell'angolo – stavo ormai trascinando i piedi e avevo le spalle curve. Per ben quindici minuti, mi ero illuso di poter salvare il Natale e la promessa fatta a mia sorella.

Nell'avvicinarmi all'autonoleggio Expedition, sentii il cuore mancare un battito. Guardai meglio, perlustrando l'area. Non c'erano cartelli. Non c'erano cartelli! Preso dall'entusiasmo feci il resto della strada di corsa, precipitandomi verso il bancone. La giovane donna sull'altro lato alzò la testa di scatto dal computer.

«Ciao! Non volevo spaventarti. Ho bisogno di un'auto. Avete un'auto?» Mi costrinsi a prendere fiato per calmarmi e lessi il nome sul suo cartellino. «Scusa, Sook-Yin. Ho davvero bisogno di un'auto.» Feci quello che speravo fosse il mio sorriso più affascinante, perché ci mancava solo che Sook-Yin mi rifiutasse come cliente per il sospetto che fossi fatto di crack o metanfetamine o che sniffassi il protossido d'azoto dai flaconi di panna montata.

Inclinando la testa, lei mi sorrise con rammarico a labbra chiuse. «Mi dispiace tantissimo. Ho appena noleggiato il nostro ultimo veicolo.»

Il panico e la delusione combinati mi seccarono la bocca e strinsero il petto. «Ti prego. Dovete averne un'altra. Ti sto implorando. Sono pronto a mettermi in ginocchio. Pagherò un extra. Pagherò quello che vuoi. *Ti prego*. Mi serve un'auto. O un furgone. Un SUV. Un minivan. Una moto. Qualunque mezzo dotato di ruote e motore.»

«Mi dispiace davvero.»

Lasciai ricadere la testa sul bancone con un tonfo sordo. «Non posso crederci. Ti prego, fa' che adesso mi svegli nel mio dormitorio e scopra che quest'incubo era soltanto il mio subconscio che faceva lo stronzo come al solito.»

Sook-Yin emise un suono che poteva essere una risata soffocata, ma il tono era comprensivo. «Mi dispiace davvero. Un attimo, controllo le nostre succursali della zona. Potresti avere fortuna.»

Altre succursali! Non ci avevo nemmeno pensato. Alzai la testa e la guardai digitare, trattenendo il fiato. *Ti prego, ti prego, ti prego…*

Sospirò e si infilò i capelli scuri dietro l'orecchio. «Niente da fare. Ma do un'occhiata anche alle altre compagnie.»

I polmoni mi bruciarono mentre aspettavo, stringendo le mani a pugno per non tamburellare le dita sul bancone. La CIA avrebbe dovuto lasciar perdere il waterboarding: guardare un'altra persona fare ricerche sul computer mentre muori dal bisogno di conoscere la risposta è pura tortura. Sook-Yin digitava, muovendo gli occhi sullo schermo, e il mio cuore martellava. Doveva pur essere rimasta una cavolo di auto da noleggiare in tutta la Bay Area. Per forza. Sarei andato a Oakland. Cristo, sarei andato in bus fino a Modesto se avessi dovuto. *Ti prego, ti prego, ti prego…*

Poi lei tornò a rivolgermi la combinazione sorriso triste/testa inclinata, e seppi che non c'era speranza. Non dovette nemmeno dirlo. Cercai di sorridere a mia volta. «Grazie di aver controllato. È stato molto gentile da parte tua.» Il mio cervello lavorava frenetico. E Greyhound? Certo, era il periodo più trafficato dell'anno e gli autobus dovevano essere carichi di gente che non era riuscita a prendere l'aereo, ma forse... «Immagino che proverò con l'autobus.»

Una smorfia. «Ho sentito che sono andati in overbooking, e poi c'è stato quello sciopero dei meccanici. Non ci sono abbastanza autobus, a quanto pare.»

«Quindi anche i treni saranno al completo.»

«Vuoi che controlli?» Spostò lo sguardo su qualcosa alle mie spalle e sorrise. «Scusami un attimo. Ah, eccoti,» disse a qualcuno. «Hai trovato lo Starbucks?»

«Sì, grazie. Ho fatto il pieno di caffeina e sono pronto a partire.»

Il mio corpo ebbe uno spasmo. Non poteva essere. Era impossibile.

Impossibile.

Piano piano mi voltai e... wow. Gavin Bloomberg – ancora fastidiosamente alto e più attraente che mai – se ne stava lì in carne e ossa, con una giacca di pelle attillata, una tazza da viaggio blu in mano e una piccola valigia grigia a rotelle posata accanto alle sue Puma scamosciate. Mi guardò sbattendo le palpebre e un attimo dopo torse il labbro.

«Charlie?» Sembrava orripilato quanto me.

Con tutti gli autonoleggi del mondo... Mi

concentrai per mantenere un tono civile. Dopotutto, avevamo diciotto anni ed eravamo ormai ufficialmente degli adulti. «Gavin.»

«Ehm... Ciao.» Mi fissò nello stesso modo in cui avrebbe guardato un pezzo di gomma da masticare che aveva staccato dalla suola della scarpa dopo averci camminato sopra tutto il giorno, riempiendola di sassolini e di un sacco di roba secca. Si passò una mano tra i folti capelli corti, e persino sotto quelle smorte luci al neon non potei fare a meno di notarne le intense sfumature ramate. Aveva le basette più lunghe dell'ultima volta in cui l'avevo visto, alla cerimonia del diploma a giugno.

Per qualche motivo, fui colpito dal ricordo dell'estate in cui ci eravamo conosciuti, quando ci stendevamo quasi ogni giorno al sole sulla riva del laghetto e lui chiudeva gli occhi, mentre io guardavo i suoi capelli asciugarsi, morendo dal desiderio di toccarli.

«Vi conoscete?» chiese Sook-Yin.

Annuii. «Più o meno. Non proprio. Cioè, abbiamo frequentato le stesse superiori.» Quello era davvero un incubo, ma purtroppo ero fin troppo sveglio. Tempo di darsela a gambe. «Be', io dovrei andare.»

«Un momento!» Sook-Yin si illuminò in volto. «State cercando di andare entrambi nello stesso posto? Magari potreste viaggiare insieme.»

Il mio cervello era così instupidito dalla presenza inaspettata di Gavin che neanche avevo registrato il fatto che avesse, con tutta evidenza, noleggiato un veicolo. Oh. Mio. Dio. *Certo* che si era preso l'ultima auto. Certo. Perché otteneva tutto quello che voleva.

Gavin spostò lo sguardo tra me e Sook-Yin. «Sto tornando a Norwalk.»

«Anch'io. Ma non possiamo...» Mossi una mano tra noi.

Sook-Yin corrugò la fronte. «Ma è la soluzione perfetta, no? Posso aggiungere un altro conducente al contratto. Non vi addebiterò neanche la tariffa aggiuntiva. Pagate comunque di più, dato che avete meno di venticinque anni. Ovvio che sta a voi, però.»

«Ehm...» Gavin la fissò con orrore crescente negli occhi castani.

Un orrore che sembrava riflettere il mio. Era fuori discussione – fuori discussione, cacchio! – che io e Gavin Bloomberg andassimo in Connecticut insieme. Era impossibile. Impensabile. La peggiore idea del mondo.

Ma cazzo. Era la mia unica possibilità.

Per quanto odiassi il pensiero, in quel modo sarei tornato a casa per Natale. Io e Gavin avremmo potuto dividerci la guida e la benzina, e saremmo riusciti senz'altro ad arrivare entro il venticinque con un sacco di tempo d'avanzo.

«Non posso… È…» Stringendo la sua tazza da viaggio, Gavin mi fissò.

«Ho promesso ad Ava di essere a casa per Natale.»

La durezza del suo sguardo si ammorbidì e lui espirò. Dopo un lungo istante, annuì. «Allora immagino che faremo meglio a partire.»

«Sono così felice che abbiate risolto. Com'è piccolo il mondo. Puoi darmi la patente?» Sook-Yin cominciò a inserire i miei dati, apparentemente ignara della tensione nell'aria. «Un attimo, vivete sul serio nella stessa via?»

Io e Gavin annuimmo in silenzio.

«Wow, che coincidenza!» Sorridendo, stampò il nuovo contratto. «Frequentate la stessa scuola anche qui?»

«No. Lui è alla USF e io a Stanford,» rispose Gavin.

Sbattei le palpebre. Sapeva che andavo all'Università di San Francisco? La voce di mia mamma mi riecheggiò nella mente.

«Tesoro, indovina chi altri andrà a Frisco per il college?»

«Ti prego, non chiamarla Frisco.» Arrotolai un'altra maglietta e la pigiai nella mia valigia rosa. *«E no, chi?»*

«Il tuo amico Gavin! Non è fantastico? Sono così felice che avrai qualcuno di familiare con te.»

Il fatto che Gavin non fosse per nulla mio

amico – e non lo fosse dalla festa di Pete Stiffler all'inizio della prima superiore – doveva esserle sfuggito. In sua difesa, negli ultimi anni aveva avuto abbastanza cose a cui pensare, e io non avevo mai accennato al minimo problema.

«Ho solo bisogno che firmiate qui e mettiate le vostre iniziali qui, qui e qui.» Sook-Yin cerchiò i punti sul contratto.

Gavin prese la penna, per poi passarmela quando ebbe finito. La plastica conservava il calore delle sue dita e il mio stomaco danzò come faceva un tempo quando l'avevo avuto vicino. Mi sembrò di avere di nuovo quattordici anni ed essere disperatamente inadeguato.

Dopo aver siglato la mia ultima iniziale, restituii il contratto a Sook-Yin, che ne strappò una copia e la infilò in una piccola cartellina. Poi porse a Gavin una chiave. «Ecco. È nella piazzola C-trentasette, ma dato che è l'ultima rimasta trovarla non sarà difficile. È una Jetta, ma niente paura, vi ho applicato solo la tariffa economica. Guidate con prudenza, e buone feste!»

Sorridemmo e la ringraziammo, poi seguii Gavin verso il garage. Prendemmo l'ascensore in totale silenzio, nel labirinto di cemento sotterraneo non si sentiva altro suono che il ronzio monotono delle rotelle delle nostre valigie e la rara auto che ci passava accanto. La Jetta ci aspettava, blu scura e a quattro porte, squadrata nella sua composta e pratica ingegneria tedesca.

Un uomo che masticava il chewing-gum si avvicinò dal piccolo ufficio della Expedition, una specie di tugurio. Indossava una salopette e un cappellino da baseball. «Avete preso l'ultima, eh?»

Feci un sorriso teso. «Già.»

Ispezionammo l'auto, girandovi intorno per controllare che non ci fossero graffi o ammaccature. Gavin firmò il modulo e il tizio la mise in moto. «Il serbatoio è pieno, siete pronti a partire. Buon viaggio.» Se ne andò strascicando i piedi.

Gavin aprì il bagagliaio e guardò la mia mostruosità rosa. «Che fai, ti ritrasferisci a casa?»

«No.» Ostinato, non offrii altre spiegazioni e sollevai la valigia.

Dopo aver caricato la sua valigetta grigia, lui richiuse il bagagliaio. «Comincio a guidare io, no?»

«Certo.» Era tutto molto civile e *così terribilmente bizzarro*, Dio.

Raggiunsi il lato del passeggero, agganciai la cintura e spinsi indietro il sedile per dare alle gambe più spazio possibile. Ero alto solo un metro e settantacinque, rispetto all'assurdo uno e ottantacinque di Gavin, ma mi piaceva comunque stare comodo. Soprattutto dato che saremmo rimasti in quell'auto per quarantatré ore: sempre che facesse bel tempo e non trovassimo code. Soffocai a stento la tentazione di gemere. Per uscire dalla Bay Area ci voleva un secolo anche in condizioni ottimali, figurarsi con *l'apocalisse di NEBBIA*.

Dopo aver regolato gli specchietti, Gavin uscì in retromarcia. Nessuno dei due disse nulla mentre risaliva le rampe tortuose dei diversi piani del garage, e all'uscita infilò nella macchinetta il ticket del parcheggio che avevamo ricevuto. La leva meccanica si alzò di scatto per lasciarci passare: casa non mi era mai sembrata così incredibilmente lontana.

Capitolo due

Gavin

CHARLIE YATES ERA sul serio seduto al mio fianco nell'auto a noleggio. C'erano stati diversi momenti surreali nella mia vita – sempre legati a Charlie Yates, in effetti – ma quello doveva essere il più assurdo di tutti. Avevo controllato gli autonoleggi d'impulso, perché non volevo tornare nel dormitorio a girarmi i pollici mentre aspettavo giorni per un altro volo. Ed eccomi lì, con... *lui.* Fra tutte le persone del mondo.

«Avrei fatto prima a piedi,» borbottò. Era la prima cosa che diceva da svariati chilometri.

«Ed è colpa mia se abbiamo davanti due corsie intasate?» sbottai. «Andrei più in fretta, se potessi.» Il sole era fastidiosamente basso nel cielo, ed eravamo appena a Sacramento.

Lui fissò il minivan di fronte a noi. «Non ho detto che sia colpa tua. Dico soltanto che ci abbiamo messo tre ore solo per uscire dalla città, e adesso stiamo andando così lenti che faremmo prima a camminare.»

«Almeno qui non c'è nebbia. E la pioggia si sta affievolendo.»

A quanto pareva su quello non poteva ribattere, anche se ero pronto a scommettere che gli sarebbe piaciuto farlo. Scrollò le spalle, invece. «Vero.» Fece un verso di derisione. «Odio quegli stupidi trasferelli. *Bimbo a bordo*. Certo, perché *così* le persone non ti tamponeranno, mentre prima l'avrebbero fatto di sicuro.»

«È probabile che pensino sia meglio non rischiare.» La radio cominciò a trasmettere un annuncio pubblicitario e io premetti il pulsante di ricerca.

«Vorrei solo che l'universo ci desse un po' di tregua, cacchio. Cioè, sul serio? Un camion doveva proprio sbandare e rovesciare ghiaia su due corsie?»

«Poteva andare peggio. Spero che nessuno si sia fatto male.»

Charlie mi lanciò un'occhiataccia. «Ovviamente spero anch'io che nessuno si sia fatto male, Santo Gavin.»

Lo stomaco mi si strinse in uno strano piccolo nodo. Era tantissimo che non sentivo quel soprannome, ma adesso pungeva di scherno invece della risata scherzosa che l'aveva accompagnato sotto il pallido sole d'agosto al canto dei grilli.

Mentre avanzavamo piano piano, guardai

l'adesivo giallo che avvertiva della presenza di bambini sul minivan – era davvero stupido – e cercai di non canticchiare insieme alla radio la nuova canzone di Taylor Swift. Non volevo neanche immaginare quanto mi avrebbe sfottuto Charlie se l'avessi fatto. Lui ascoltava senz'altro solo fighissimi gruppi indie che si autoproducevano gli LP e non credevano in iTunes.

«Hanukkah arriva tardi quest'anno, eh?»

Sbattei le palpebre, sorpreso che lo sapesse. Il che era stupido, perché era segnata sul calendario e per quale motivo non avrebbe dovuto notarla? «Sì. Ma non è mai stata importante nella mia famiglia. Non siamo ebrei molto ortodossi. E comunque, i miei sono in Giamaica.»

Tenni gli occhi sulla strada, ma sentii lo stesso il peso del suo sguardo. «Non saranno a Norwalk?»

«No.» Mi sforzai di usare un tono noncurante, come se la situazione con loro fosse del tutto normale. Sulla carta, era così. Sarebbero tornati per la vigilia di Capodanno e mi avevano invitato in Giamaica con loro: ero stato io a dire che preferivo andare a sciare. Anche se, appena saputo che c'entrava anche Candace, si erano affrettati a caldeggiare l'idea.

Ed era proprio per quello che non volevo andare al resort. Avremmo avuto troppo tempo per *parlare* e, anche se avessi trovato finalmente le palle per dire la verità, sapevo che loro non avrebbero voluto starmi a sentire.

«Non li raggiungi là?»

Il traffico accelerò fino ai trenta all'ora e premetti piano sul gas. «Nah.»

«Allora perché torni a casa?»

«Vado a sciare in Vermont con Candace e la sua famiglia.»

«Giusto, certo. *Candace.*» Pronunciò il suo nome con un tono cantilenante e strascicato che mi fece serrare la presa sul volante.

«Sì. Candace.» Lui borbottò qualcosa sottovoce e io spensi la radio di scatto, colto da un'ondata di rabbia protettiva. «Che hai detto?»

«Niente.» Charlie riaccese la radio e saltò da una stazione all'altra.

Cavolo, aveva un bel coraggio. Come se avesse il diritto di dire alcunché su Candace, dopo il modo in cui si era comportato. Ripensai al suono metallico della musica dance e ai tavoli affollati della pizzeria, quella sera in terza superiore, l'odore di frittura nell'aria e il sangue che colava sulle piastrelle bianche.

Aprii la bocca per dirgli che Candace era una persona fantastica e che non avrei tollerato il minimo insulto nei suoi confronti. E poi, io e lei ormai eravamo soltanto amici. Ma no. Neanche per idea. Non dovevo giustificare nulla a Charlie Yates.

Non gli dovevo alcuna spiegazione. Non più.

Non dopo quello che aveva detto e fatto.

Più ci pensavo, più avevo voglia di accostare e sbatterlo fuori. Quella era la *mia* auto a noleggio. Addebitata sulla mia carta di credito. Perché avevo ceduto? Uff, non poteva andare peggio di così. Avrei voluto cantare canzoni pop a squarciagola e fermarmi ad attrazioni stradali di dubbio gusto, le varie Più Grande Chissà-Cosa Del Mondo. Ma Charlie avrebbe di certo alzato gli occhi al cielo e brontolato, togliendomi ogni divertimento. Quando ci eravamo conosciuti, era stato la persona più divertente che avessi mai incontrato. Ma ormai era passato molto tempo.

Il suo telefono vibrò, e quando abbassai il volume della radio perché potesse sentire non potei fare a meno di ascoltare la sua metà di conversazione.

«Ciao, mamma. Sì. Stiamo bene. Lo so, una coincidenza assurda. Ah, sì, un miracolo di Natale.» Rimase zitto per qualche istante. «Va un po' a rilento. Speriamo che la strada si sgombri presto.» Tamburellò le dita sul tacco della scarpa da ginnastica, nel punto in cui aveva incrociato la caviglia sulla gamba opposta. «Ah-ah. Sta bene. Ti saluta.»

Mi schiarii la voce e urlai: «Salve, signora Yates.» Non le parlavo da anni, ma ogni volta che mi incrociava in auto sulla nostra strada mi salutava con la mano.

«Lo faremo. *Sì*, mamma. Non abbiamo dodici anni. Aspetta, è lì? Ma certo.» Quando riprese a parlare, la sua voce suonò di colpo più gentile e *dolce*. Mi ero dimenticato che Charlie potesse essere anche così. «Ehi, Orsetta. Com'è andata oggi? Sei andata alla festa di Madison?» Ascoltò, incurvato verso il finestrino. «Sì, sto arrivando. Sto facendo il possibile per battere Babbo Natale, okay? Lo prometto.»

Giusto.

Ecco il motivo per cui non potevo accostare e dire a Charlie Yates di trovarsi un altro mezzo per tornare in Connecticut. Ava aveva solo sei anni quando le era stata fatta la diagnosi. Ricordavo ancora gli occhi di Candace brillare di lacrime per una bambina che non aveva mai incontrato, mentre sussurrava: «Dicono sia leucemia. Non è terribile?» E lo era stato. Terribile e ingiusto, e avrei voluto tantissimo andare in fondo alla strada per bussare alla porta degli Yates e dire quanto mi dispiacesse. Dirlo a Charlie, e chiedergli scusa.

Per tutto.

Mentre canzonava con dolcezza la sorellina al telefono e ascoltava ogni sua parola come se fosse la cosa più importante che avesse mai sentito, mi tornò in mente la prima volta che l'avevo visto.

Era stato durante l'estate in cui mi ero trasferito a Norwalk dopo la terza media. I miei erano al lavoro e io mi stavo deprimendo in camera da letto. Per prima cosa avevo sentito gli strilli gioiosi di Ava, e perciò avevo schiacciato il naso contro il vetro della finestra. Mentre guardavo, un ragazzo dinoccolato con una bambina a cavalluccio sulla schiena era sfrecciato a tutta velocità davanti alla mia nuova casa di Tremont Street, un bolide di impavido abbandono.

Erano scomparsi in un lampo, e la stradina serena e costeggiata di alberi era tornata a immergersi in un silenzio interrotto solo dal ronzio indistinto di qualcuno che tosava l'erba sotto il sole accecante di luglio. Io ero rimasto alla finestra ancora un po', speranzoso. Poi avevo risentito il gridolino estatico di Ava. Charlie mi era sfrecciato davanti una seconda volta, con lei che ballonzolava sfrenata sulla sua schiena.

Avevo capito che stavano facendo il giro dell'isolato, e al passaggio successivo mi ero fatto trovare in piedi sul prato, senza neanche fingere che stessi facendo qualcosa di diverso dall'aspettarli. Notando il mio goffo cenno di saluto, Charlie aveva rallentato.

«Ehi! Sei nuovo.»

«Ehm, ciao. Sì. Sono Gavin. Ci siamo appena trasferiti da Long Island.»

«Ti va di andare a nuotare?»

Era stato così, semplicissimo.

«Be', l'hai detto a Madison che volevi giocare anche tu con Whitney?»

Sorrisi tra me. Era bello sentire che Ava si trovava impegolata nelle classiche politiche da cortile dei bambini di otto anni. Era così... normale. Ogni tanto mi era capitato di intravederla, ma era passato più di un anno dall'ultima volta in cui l'avevo vista sul serio.

Al ricordo, la gola mi si strinse: Charlie l'aveva portata a cavalluccio per l'isolato come ai vecchi tempi ma, a differenza della prima volta, la giornata era stata autunnale, con foglie che frusciavano sotto i piedi e un pesante cielo grigio che sembrava pronto a crollare per la pioggia imminente.

Per puro caso, ero passato davanti alla finestra e li avevo visti. Ava non strillava, quella volta, e Charlie camminava con prudenza, nessun volo scatenato con le scarpe da ginnastica che sbattevano sull'asfalto. La bambina gli teneva la guancia appoggiata sulla spalla, e la sua testolina pelata era troppo pallida. Aveva sette anni, ma in un certo senso mi era sembrata ancora più piccola di quando li avevo conosciuti.

Al loro passaggio avevo schiacciato il naso contro il vetro, troppo codardo per uscire a salutare. Mi ero detto che dopo l'incidente in pizzeria ero del tutto giustificato, ma ero comunque rimasto ad aspettare di vederli passare di nuovo. Il marciapiede, però, era rimasto vuoto, a parte il signor Garrison che portava a spasso il suo Labrador nero.

«D'accordo. Ti voglio bene anch'io, Orsetta. Fammi un ringhio.» Charlie rise piano e si grattò dietro l'orecchio, provocandomi un'ondata di nostalgia. In quel punto aveva una cicatrice della varicella che, a quanto diceva, dopo anni gli prudeva ancora.

Con la coda dell'occhio, lo guardai passarsi le lunghe dita sul collo e mi chiesi che effetto mi avrebbe fatto sentirmele addosso, adesso che eravamo cresciuti. La sua mascella era più sporgente e il rosso delle labbra piene del tutto… L'unico aggettivo che mi venisse in mente era *succoso*.

Smettila. Smettila subito. Non potrebbe mai desiderarti di nuovo. Hai perso la tua occasione. E poi, mica vuoi uno stronzo del genere.

Quando riattaccò tenni lo sguardo fisso di fronte a me, cercando di fingere senza alcun successo di non avere ascoltato. Ma era inutile, così mi schiarii la gola. «Come sta?»

Charlie rimase in silenzio tanto a lungo che pensai non mi avrebbe risposto. «È in remissione. È ancora debole, ma si sta rinforzando.»

«Spero davvero che si riprenda. Ma sono certo che lo farà. È una dura.»

Scrollò le spalle e diede un colpetto al telefono, il tono di nuovo indifferente. «Sì. Vedremo, immagino. Devo pisciare. Possiamo fermarci presto?»

«Certo. Stiamo per raggiungere un McDonald, credo.»

«Bene.» Il suo cellulare vibrò e lui lesse il messaggio con una risata sommessa. Avevo una domanda sulla punta della lingua, ma la inghiottii con durezza. *È lui? È ancora il tuo ragazzo?*

Pensi mai a me?

Avevo visto il ragazzo in questione una volta sola. All'inizio della terza superiore, prima che quella notte in pizzeria facesse precipitare tutto. Mentre i pollici di Charlie sfrecciavano sul cellulare per rispondere a chiunque gli avesse scritto, il traffico rallentò fin quasi a fermarsi. Avanzammo centimetro dopo centimetro, e la mia mente si riempì di quel ricordo ostinato.

Brad e Paul stavano parlando della partita di football, ma il loro borbottare mi scivolò addosso in una serie di grugniti mentre guardavo Charlie sfrecciare giù per le scale in direzione del marciapiede, la testa bassa come al solito. Una Jeep con il tettuccio abbassato lo aspettava. Il biondo al volante avrebbe potuto essere uno dell'ultimo anno, ma non lo riconoscevo.

Alla vista di Charlie, fece un sorriso luminoso e alzò il mento. Tamburellò le mani sul volante, tenendo il ritmo di una canzone che non potevo sentire. Non vidi l'espressione di Charlie mentre saliva, ma poi inclinò la testa e si baciarono.

Un bacio vero, autentico, proprio lì accanto al

cordolo. Charlie stava baciando un altro ragazzo. Un ragazzo che non ero io. I miei polmoni si strinsero e temetti che sarei esploso o svenuto o forse morto.

«Terra chiama Gavin?»

Riuscii a inspirare una boccata d'aria mentre Candace mi prendeva a braccetto e premeva la spalla contro la mia. Non avrebbe dovuto far male, vedere Charlie con quel tizio. Avrei dovuto fregarmene. Ma, wow. Era davvero gay. E non lo nascondeva.

Non era un codardo come me.

Candace seguì la direzione del mio sguardo ghiacciato. «Oh, quello dev'essere il suo nuovo ragazzo. Tim qualcosa. Nina dice che va alla Jefferson.»

Avevo la gola troppo stretta per pronunciare una sola parola. Neanche riuscii ad annuire. Charlie e il suo ragazzo stavano ridendo di qualcosa mentre quel Tim metteva la Jeep in moto. Era così tanto che non lo vedevo ridere.

Che cosa mi aspettavo? Non mi doveva nulla. Neanche ci conoscevamo più. Sapevo che era colpa mia, e il rimpianto a basso voltaggio con cui convivevo di continuo prese a vibrare sempre più forte mentre gli occhi mi bruciavano. Mi morsi l'interno della guancia con tanta forza che sentii il sapore metallico del sangue.

Candace stava ancora parlando. «Ne sta passando così tante con la sua povera sorellina. Sono felice che abbia trovato qualcuno. E prima che tu dica *qualcosa, Brad, chiudi il becco. Sì, so leggere in quel tuo cervellino minuscolo.»*

Li guardai allontanarsi in auto, la Jeep si unì alla fila di veicoli che lasciavano la scuola. Mi sentivo sventrato, le interiora aperte e sanguinanti.

«Gav?» Candace mi diede di gomito e io riuscii a voltare la testa per mettere a fuoco la sua fronte accigliata. «Che succede?» Corrugò il viso. «Non sei segretamente omofobo, vero?»

«Certo che no.» La mia voce suonò aliena alle mie stesse orecchie, ma la sua fronte tornò a distendersi. «Buon per lui. Davvero grandioso. Fantastico.»

E perché Charlie non avrebbe dovuto avere un ragazzo? Avrei dovuto esserne felice, dato che l'idea che si sentisse solo mi causava un dolore profondo, eppure il pensiero di lui e *Tim* – o qualcuno di nuovo – mi faceva ribollire dalla gelosia.

Mentre avanzavamo adagio lungo l'interstatale, si rimise il cellulare in tasca. Alzò il volume della radio e premette il pulsante di ricerca, ascoltando ciascuna stazione per due secondi prima di passare oltre, come se non fosse in grado di trovare ciò che cercava.

Charlie

NON SAPEVO SE fosse stato il torcicollo o la saliva che mi colava lungo il mento a svegliarmi. Inspirando bruscamente, raddrizzai la schiena di scatto. Era buio e sbattei le palpebre davanti al bagliore rosso dei fanalini di coda. Accanto a me, Gavin abbassò la radio, che stava trasmettendo una brutta cover di *Santa Baby*. Mi stropicciai gli occhi. «Dove siamo?»

«Abbiamo superato da poco Wells, in Nevada.»

Il display verde del cruscotto indicava che erano le undici di sera appena passate. Tirai fuori il telefono e lessi un messaggio di mamma.

Come va? Tu e Gavin fate attenzione su quelle strade. Non andate troppo forte. Festeggeremo il Natale al tuo arrivo, sia quando sia. Xxxx

Soffocai l'emozione. La gente di solito si firma con "xoxo", ma quando ero piccolo, prima che andassi a dormire, mia mamma mi baciava sempre la fronte, il mento, entrambe le guance e infine la punta del naso. Faceva lo stesso anche con Ava. Immagino sia una caratteristica della nostra famiglia, anche se mio padre è sempre stato un fan degli abbracci fortissimi. Lui e mamma sono così, praticamente perfetti. Yin e yang, dice zia Wendy.

«Tutto okay?»

Lanciai un'occhiata a Gavin, che mi guardava con una ruga preoccupata tra le sopracciglia. «Ehm, sì.»

Tornai al mio telefono e aprii la mappa. Perché si comportava in modo… *gentile*? Erano anni che non mi degnava della minima attenzione: a parte quel giorno in pizzeria, al cui pensiero provai un impeto pungente di rabbia e vergogna. Ma poco prima, quando aveva chiesto di Ava, era sembrato sincero.

Cambiai posizione sul sedile, disincrociando le gambe. Quella mattina, quando mi ero svegliato dall'inquieto sonno pre-aeroporto, avevo pensato che per quell'ora sarei stato a casa a Norwalk. E invece, eccomi in un'auto a Bucodelculo, Nevada... con *Gavin Bloomberg*. Era così *strano*, porca miseria.

E quando mi concentrai sulla mappa, mi accorsi che sarei rimasto in auto con lui per un fracco di tempo. «Siamo in ritardo di, tipo, sei ore sulla tabella di marcia. Come minimo.»

«Sì, è una rottura. Ci abbiamo messo davvero un'eternità per uscire dalla Bay Area.» Fece un grosso sbadiglio.

Con una fitta di rimorso, mi resi conto che guidava da quella mattina. «Posso guidare io, adesso. Scusa, non volevo crollare per tutto questo tempo.»

«Non c'è problema. Dovremmo fare anche benzina, immagino. Possiamo scambiarci di posto alla prossima stazione di servizio. C'è una città in avvicinamento.»

«Fico.» Giocherellai con i lacci della scarpa. Quella parte dell'interstatale aveva due corsie in entrambi i sensi, e sull'altro lato dell'aiuola spartitraffico sfrecciavano fanali bianchi. La terra sembrava piatta come un pancake, ma era troppo buio per vedere granché. «Avevi mai attraversato il Paese in auto, prima?»

«No. Tu?»

«No.»

Nel silenzio che seguì, interrotto solo dalla radio che mandava quella fastidiosissima canzone natalizia di Paul McCartney, tenni lo sguardo fisso fuori dal finestrino, cercando di vedere oltre la distesa di sterpaglia che si perdeva nell'oscurità d'inchiostro. Frugai nel cervello in cerca di qualcosa da dire. Quella prima estate, io e Gavin avevamo passato ore e ore a parlare del nulla. Fumetti e film, e semplicemente... cose. Adesso riuscivamo a stento a gestire il tipo di chiacchiere vuote che scambi in taxi o in aereo.

«Come sta Tim?»

Oh. Di scatto, girai la testa a guardarlo. «Che cosa?»

«Si chiama così, no? Il tizio che stavi vedendo della Jefferson High?» Più noncurante che mai, Gavin sistemò una delle ventole del riscaldamento.

«Sì. Si chiama così. Non... Come fai a saperlo?»

Rise, a disagio. «Che c'è, pensavi fosse un segreto? Lo sapevano tutti. Non era niente di che. Tu non cercavi certo di nasconderlo.»

«Nessuno mi ha mai detto nulla.» Mi avvolsi

uno dei lacci intorno all'indice, bloccando la circolazione. Non me ne fregava niente che la gente sapesse che ero gay; aveva ragione, non l'avevo nascosto. Ma il pensiero che Gavin parlasse di me e Tim (probabilmente con *Candace*) mi sparava un siluro di bile su per l'esofago.

«Non sembravi parlare con nessuno, a scuola, nell'ultimo paio d'anni. Avevi sempre gli auricolari nelle orecchie, e dopo le lezioni non partecipavi mai a nulla.»

«Ero un tantino impegnato con la mia sorellina malata.» Tirai la stringa con più forza.

«Oh, lo so. Non sto dicendo… Sembravi solo…»

«Che cosa?»

«Arrabbiato.» Scrollò le spalle. «Intimidivi le persone.»

Allentai il laccio e lasciai che il sangue riaffluisse nel polpastrello. «E allora? Me ne sbatto di quello che pensa la gente.»

«Lo so. È una cosa che ho sempre ammirato di te. La maggior parte dei ragazzi che conoscevo in terza superiore non avrebbe passato tanto tempo a giocare con la sorellina. Non ti sei mai preoccupato di essere "fico" o roba simile.»

La vampata di piacere che quelle parole mi provocarono era fin troppo stupida e fastidiosa. «Be', Tim era un tipo interessante, ma non facevamo sul serio. È alla Penn State dall'anno scorso. Se la passa bene, da quel che vedo su Facebook. Si sta facendo un sacco di strafighi.»

«Oh davvero? Grande.» Gavin si schiarì la gola. «E tu?»

Possibile che quella fosse la vita reale? Certo, stavo solo parlando di farmi ragazzi con Gavin. Niente di che. «Sicuro, il college è divertente. La USF è piena di ragazzi pronti a spassarsela. Per essere una scuola gesuita, danno feste piuttosto sfrenate.» Mi ero divertito con qualcuno, ma la cosa era finita lì. Il sesso era piacevole, ma non cercavo un ragazzo.

«Me lo stavo chiedendo, infatti. Non come fossero le feste, ma la storia della religione. Non ti facevo molto credente.»

Risi. «Oh, non lo sono. Accettano anche gli infedeli, però. Ho scritto un saggio di presentazione su come il cancro uccida la fede, e mi hanno dato una borsa di studio completa. In caso contrario, avrei dovuto restare a studiare in Connecticut. Immagino che siano convinti di poter salvare la mia anima. Ma in realtà non ho ancora incontrato nessun fanatico della Bibbia. È stato tranquillo.»

«Bene. In cosa vuoi laurearti?»

«Non ne ho idea. Quest'anno sto seguendo un sacco di corsi, vedremo se qualcuno mi convincerà. E tu?»

«Ingegneria.»

«Niente male.» Avrei dovuto immaginare che stesse facendo qualcosa di super intelligente. Suo padre era un ingegnere civile, e ancora non sapevo bene cosa facesse di preciso, ma doveva essere difficile.

«Come stanno i tuoi genitori?» chiese.

«Bene. Meglio, adesso. Con Ava e tutto il resto è stata dura.»

«Sì, ci scommetto. Tuo padre lavora ancora nello stesso studio?»

Feci un breve sorriso. «È appena diventato socio, in realtà. È stata una cosa piuttosto grossa.»

«Grande!» Il volto di Gavin si illuminò di un sorriso che gli scavò le fossette nelle guance e fece guizzare il mio stomaco come un pesce sul fondo di una barca. *Non ci pensare, Charlie. Datti una controllata.* «Tua madre tornerà al lavoro, adesso?»

«Non ne sono sicuro. Penso che ne abbia abbastanza di ospedali, sai? Ma potrebbe fare l'infermiera per qualche privato. Vedremo.» Mi schiarii la voce e guardai le luci rosse oltre il parabrezza. «I tuoi come stanno?»

I residui di luminosità del suo sorriso svanirono e Gavin accelerò per cambiare corsia e sorpassare l'auto di fronte a noi. «Stanno bene. Oh, ecco l'uscita per la città.» Accelerò ancora di più per tornare nella corsia giusta.

Ah. Mentre uscivamo dall'interstatale ed entravamo in una stazione di servizio, mi rigirai quel pensiero nella mente. Gavin aveva sempre avuto un rapporto stretto con i suoi genitori, ma forse era cambiato qualcosa? Certo, Hanukkah poteva non essere una festività super sacra e importante, però era stranissimo che passassero le vacanze senza di lui. Ma forse loro avrebbero voluto che li raggiungesse, e lui aveva scelto invece di stare con *Candace.*

Uff. Candace, dalle tette sode, i capelli dorati e i denti bianchi splendenti e regolari. Solo il pensiero mi fece stringere i pugni.

«Candace sta mettendo a suo agio il nuovo venuto!» esultò Pete Stiffler con una risata belante.

Aprii la portiera con uno spintone ed entrai arrabbiato nella stazione di servizio, rabbrividendo nella notte sorprendentemente fredda. La porta si aprì con un allegro scampanellio: sembrava che il laboratorio di Babbo Natale fosse esploso su tutto l'arredamento del negozio, tra gli scaffali decorati con ghirlande e addobbi economici e le lucine drappeggiate sui banchi frigo. Il tizio di mezza età dietro al bancone indossava corna da renna.

Gli rivolsi un cenno del mento intanto che agguantavo una Red Bull e facevo incetta di spuntini, chiedendomi cosa pensassero i Bloomberg della signorina Candace Allen. A scuola era stata tra i primi della classe e adesso andava alla Columbia, perché *chiaramente* aveva sia bellezza che cervello. Era nauseante.

Mentre scrutavo lo scaffale delle patatine, chiedendomi se a Gavin piacessero ancora quelle alla panna acida e cipolle, sospirai. Sapevo di essere ingiusto. Come potevo biasimarla se, dopo averlo visto a quella stupida festa, aveva deciso di prenderselo? Non era colpa sua se lui l'aveva desiderata a propria volta. Era logico: con quell'aspetto da cheerleader, Candace sarebbe stata la fantasia perfetta per qualunque tizio etero.

Non era colpa sua se lui non desiderava me.

Dalla finestra, lo vedevo che pompava la benzina guardando i numeri aumentare. Era bellissimo già il primo giorno in cui l'avevo visto, e crescendo era diventato un uomo stupendo. Alto e magro, con gambe lunghe e… Perché diavolo ci stavo pensando? Era attraente, e allora? Avevo creduto che fossimo amici, ma io per lui non ero stato nulla. Solo un piccolo esperimento che aveva accantonato per le gioie eterosessuali di Candace Allen. Quando la scuola era iniziata, non si era degnato neanche di rivolgermi la *parola*.

Scostandomi di scatto dalla finestra, agguantai un sacchetto di Doritos. Dopo aver pagato il cassiere, mi misi al volante della Jetta. Quando Gavin montò sul sedile del passeggero, infilò lo scontrino della benzina nello scompartimento dei guanti.

«Pensavo che potremmo fare a turno per il pieno, no?» propose. «E alla fine vediamo se uno dei due ha pagato di più.»

«Certo,» risposi a denti stretti, mettendo in moto. Mentre uscivo sgommando, con la coda dell'occhio vidi che mi guardava.

«Che c'è? Non vuoi fare così per la benzina?»

«La benzina va bene. E ovviamente ti devo anche metà del costo dell'auto. Ti pagherò quando arriveremo a casa.»

«So che lo farai. Non sto… D'accordo. Va bene.» Accese la radio e la lasciò sintonizzata su una stazione che trasmetteva la canzoncina di Natale preferita di mia mamma.

«They looked up and saw a star.
Shining in the east beyond them far.
And to the earth it gave great light
And so it continued both day and night.»

Mi si fermò il respiro al ricordo di quando, il Natale passato, l'avevo riportata a casa dall'ospedale dopo una delle tante terapie infinite di Ava. Facevo schifo a cantare ma, nel passare davanti a tutte le lucine scintillanti e i pupazzi di neve, avevo gorgheggiato i versi che riuscivo a ricordare.

Come risultato, mia madre si era messa a piangere ancora più forte, ma poi mi aveva afferrato la mano dicendo che avevo ragione: non potevamo perdere la speranza. Io l'avevo cantata solo per farla stare meglio, dato che le piaceva, ma immagino che fosse la cosa giusta.

La stella che vedevamo splendere a oriente, come diceva la canzone, era la città di West Wendover. Entrammo nello Utah superando due sbiadite line bianche dipinte sulla strada, sotto l'occhio vigile di un gigantesco cowboy al neon e il richiamo luccicante dei casinò. Un cartello ci informò che eravamo passati al fuso orario delle Montagne Rocciose, e mi sembrò di aver aggiunto un'altra ora di ritardo sulla tabella di marcia.

Oltre l'indomito splendore di buffet, cover band country, slot machine e ristoranti Arby's, si innalzavano le colline rocciose. Presto fummo di nuovo avvolti nelle tenebre, su strade che, con l'avvicinarsi della mezzanotte, erano frequentate da pochissimi altri viaggiatori. Proseguendo, le colline scomparvero e la pianura divenne stranamente luminosa. «Dio. Sta nevicando?»

Gavin si sporse in avanti sul sedile, scrutandosi attorno intensamente. «Non credo, ma forse ha nevicato prima? È tutto bianco. Ah, aspetta… Guarda il cartello.»

Area ricreativa delle Piane Saline di Bonneville

Espirai. Il sale potevo reggerlo. Di neve ne avremmo trovata già abbastanza più a est. «Oh, giusto. Wow. È un sacco di sale.»

Superammo i chilometri di pianure saline con l'accompagnamento sommesso delle canzoni natalizie, gente che cantava di portare gioia al mondo, sale addobbate e notti silenti. Dopo un po' mi accorsi che Gavin si era addormentato. Aveva le labbra socchiuse, il petto si alzava e abbassava a ritmo regolare. Si era tolto la giacca di pelle e l'aveva piegata contro il finestrino come un cuscino.

Quando ci eravamo conosciuti, aveva sopracciglia piuttosto incolte, ma alle superiori aveva cominciato a sfoltirle. L'impulso di sporgermi e far scorrere il dito sul suo sopracciglio sinistro era assurdo, e riportai a forza lo sguardo sulla strada.

Purtroppo, l'autostrada era una linea piatta che rischiava di ipnotizzarmi, così mi concessi un'altra occhiata. Gavin indossava una Henley rossa con tre bottoni slacciati sulla gola. Dal colletto spuntavano peli scuri, e mi chiesi quanto fossero folti sul petto.

Girando la testa, mi costrinsi a fare un lungo respiro profondo e trattenni il fiato per qualche istante prima di espirare. Mi chiesi se le sue labbra sarebbero state ancora sorprendentemente morbide, e se…

Inspirai di nuovo e questa volta trattenni il fiato più a lungo, stringendo il volante. Gli "E se…?" avrebbero reso quel viaggio ancora più tormentoso. Dovevo concentrarmi sul tornare a casa, poi io e Gavin avremmo ripreso a ignorarci.

L'importante era rivedere Ava e la mia famiglia.

L'importante è arrivare a casa, così che non si ammali di nuovo.

Mi maledissi per la preoccupazione irritante causata da quel sogno assurdo. Ma per quanto mi ripetessi che non erano stati reali, mi sembrava di sentire ancora le piastrelle dell'ospedale sotto i piedi e il dolore disperato che mi aveva fatto piegare in due davanti al dottore che scuoteva la testa.

Rabbrividii e alzai il riscaldamento di una tacca, lanciando un'occhiata a Gavin mentre cambiava posizione e si bagnava le labbra prima di calmarsi di nuovo.

Cazzo, non volevo pensare neanche a lui, ma la strada era piatta e dritta e la mia mente traditrice tornò a quel fine settimana del Labor Day, appena prima dell'inizio delle superiori.

Non pioveva da due settimane, e l'afa stucchevole non poteva salvare i prati di Tremont Street dal loro destino ingiallito. Era permesso di annaffiare solo a serate alterne, e non potevamo nemmeno azionare per qualche minuto gli irrigatori per correre tra i getti.

Ovviamente io e Gavin eravamo andati come al solito al laghetto sull'altro lato della riserva, ed eravamo quasi arrivati quando le nuvole di tempesta si erano raccolte pesanti sopra le nostre teste. Dopo un po' avevamo avuto il posto tutto per noi, perché gli altri ragazzini si erano precipitati a casa, il cielo striato dai fulmini.

Ci eravamo distesi supini in un'insenatura erbosa sulla riva del laghetto, a distanza di sicurezza dagli alberi. Giuro che potevamo sentire il rombo del tuono propagarsi nella terra, e la pioggia era scrosciata bagnandoci fino all'osso. Era domenica e, anche se la scuola doveva iniziare martedì, quel pomeriggio ci era sembrata lontana anni luce quando avevamo aperto le bocche per raccogliere le gocce.

Qualche fiocco di neve scese a poggiarsi sull'asfalto mentre continuavo a guidare. Abbassai la radio a un mormorio basso, ascoltando il respiro di Gavin. La Red Bull aveva un sapore aspro sulla lingua, mentre i ricordi serpeggiavano nella mia mente.

Quel pomeriggio aveva piovuto per un'ora: a secchiate, come avrebbe detto mia nonna. Quando il sole era spuntato ardente dalle nuvole, avevamo i pantaloncini e le magliette incollati addosso. I capelli di Gavin si erano asciugati mentre ce ne eravamo rimasti sdraiati lì, e quello era stato il giorno in cui non avevo più resistito alla tentazione di sporgere la mano a toccarli.

La tensione umida che la pioggia aveva bandito dall'aria tornò in un batter di ciglia. Gavin mi guardò con gli occhi sgranati, senza ritrarsi dal mio tocco. Il cervello mi urlava di fermarmi, ma quando socchiuse le labbra scattai in avanti e lo baciai. I nostri nasi cozzarono e lui strillò sorpreso, ma per qualche miracolo non mi spinse via. Premmemmo le labbra l'uno sull'altro, e il sesso mi diventò così duro che temetti di venire all'istante.

Rotolammo di lato nell'erba alta sul bordo dell'acqua, baciandoci con foga, spingendo goffi con le lingue. Sempre più vicini, le mani cercavano la pelle...

«Cowabunga!»

Dopo tutti quegli anni, il mio cuore mancò ancora un battito al ricordo dello spruzzo che si era alzato quando uno dei fratelli Warner, che vivevano a due isolati da noi, aveva preso la rincorsa per tuffarsi nel laghetto da una roccia. Noi eravamo scattati in piedi senza quasi guardarci, correndo in acqua per nascondere le erezioni.

«Oh, ciao!» disse Joey Warner. «Pensavo di esserci solo io.»

«No!» Risi troppo forte: ah-ah-ah. Lanciai un'occhiata a Gav al mio fianco, ma stava nuotando a pelo d'acqua e teneva lo sguardo basso, sui cerchi concentrici che si allargavano sulla superficie.

«Charlie, hai sentito che i genitori di Pete Stiffler sono ancora fuori città? Stasera dà una festa. Forse ci sarà persino la birra!»

Gavin corrugò la fronte. «Non credo che dovremmo bere. Potremmo finire nei guai.»

«Non preoccuparti, Santo Gavin.» Gli lanciai un

sorriso. «Andrà tutto bene.»

Sorpassai un camion e tornai nella corsia giusta. Quando lanciai uno sguardo a Gavin, sentii ribollire il risentimento. Sapevo di essere stato io a baciarlo, e probabilmente lui era stato solo troppo gentile o troppo arrapato per spingermi via. Non avrei dovuto fargliene una colpa.

Ma quella sera, intanto che andavamo a casa di Pete Stiffler, mi aveva baciato in fretta nell'ombra con un sorriso timido, sussurrando: «Torniamo al laghetto, domani.»

Non l'avevamo fatto.

Mentre seguivo le linee gialle dell'autostrada con Gavin addormentato a pochi centimetri di distanza, in qualche modo, quella consapevolezza fece più male che mai.

Capitolo tre

Gavin

22 dicembre

«OH, FANCULO, PORCA puttana del cazzo!»

Mi raddrizzai di scatto. Con la bocca secca, mi leccai le labbra e guardai Charlie sbattendo le palpebre. «Che succede?»

«Non lo senti? È successo qualcosa alla gomma.»

Stava rallentando e mi accorsi che sì, il lato destro dell'auto si trascinava come se qualcosa lo trattenesse. Mentre Charlie accostava sulla banchina, mi guardai intorno. Non c'era nient'altro che buio in ogni direzione, a parte due fanali solitari in lontananza sul lato opposto della strada. E il mondo era bianco, ma questa volta non si trattava di sale. Fissai la neve. «Dove siamo?»

«In Wyoming. Merda!» Charlie sbatté il palmo della mano contro il volante. «Scommetto che non hai guanti o altro, vero?»

«No. La mia roba invernale è tutta a casa. Avevo pensato di comprarne un po' strada facendo.» L'orologio segnava le tre e quarantasette, ma non sapevo se era ancora impostato sul fuso orario della California. A quanto pareva, avevamo superato Salt Lake City e tutte le montagne ed eravamo di nuovo in pianura. Almeno l'autostrada e la banchina erano state pulite, e i trenta centimetri di neve che coprivano la distesa di terra che si estendeva in ogni direzione non sembravano caduti da poco.

Charlie incassò la testa tra le spalle mentre inspirava a fondo e si chiudeva la felpa, tirando su la cerniera fino in cima. «D'accordo. Vado a vedere.» Girò la testa per controllare la strada – ancora deserta – e aprì la portiera, lasciando il motore acceso.

La folata d'aria invernale mi fece rabbrividire all'istante, così mi rimisi la giacca di pelle prima di raggiungerlo. Il vento pungente mi sferzò le orecchie e, cacciando le mani in tasca, mi chinai sulla ruota anteriore, accanto alla quale Charlie stava accucciato.

«Dannazione!» Si alzò in piedi e sferrò un calcio alla gomma che andava sgonfiandosi.

Sentii un tuffo al cuore. Non avremmo potuto andare molto lontano in quelle condizioni, e non ricordavo di avere visto una ruota di scorta nel bagagliaio. Mi affrettai a controllare. «Niente ruota di scorta.» Usai la torcia del telefono per perlustrare il bagagliaio. «Nemmeno un cric. Ma quella roba non dovrebbe esserci?»

«Non lo so. Mai noleggiato un'auto, prima d'ora. Cazzo!»

«È tutto okay. Chiameremo…» Alzai il telefono, girando su me stesso. Le temute parole rimasero in cima allo schermo.

Servizio non disponibile

«Ci toccherà fermare qualcuno.» Sbirciai l'autostrada deserta, battendo i denti.

«E se non riuscissimo ad aggiustarla?» In piedi lì accanto, Charlie stava fissando la gomma danneggiata. «Io devo tornare a casa.»

«Abbiamo ancora qualche giorno. Andrà tutto bene.»

Lui non parve sentirmi. Scuotendo la testa, incrociò le braccia sul petto come per stringersi. Udii a stento il suo bisbiglio. «Cazzo. Se non arriverò in tempo…»

Strizzò forte gli occhi, tremando, e in quel momento sembrò così tanto più giovane. Mi sporsi verso di lui, e nel bagliore dei fanali mi accorsi che una lacrima era sfuggita alle sue palpebre serratissime. Il respiro mi si fermò in gola. Mi gelai.

Stava piangendo?

Non l'avevo mai visto piangere e fu qualcosa che *odiai*. Fece male in un modo che non avevo creduto possibile. Avevo paura di dire qualunque cosa, ma dovevo farlo. «Che c'è?»

«Nulla,» gracchiò, scuotendo di nuovo la testa, gli occhi ancora chiusi. Prima di poterci davvero pensare, tesi il braccio a toccarlo. Sentii la durezza dell'osso della sua spalla attraverso il cotone della felpa e lui inspirò bruscamente. «Non farlo. Per favore.»

«È tutto okay. Si risolverà tutto.» Rabbrividì con violenza e io gli massaggiai incerto la schiena, le dita sempre più insensibili nel morso gelido del vento. «La ripareremo. Devi essere passato su qualcosa e...»

Charlie sgusciò via, asciugandosi gli occhi con movimenti legnosi. «Quindi sarebbe colpa mia? Non ho visto niente! Come fai a vedere qualcosa su questa strada?»

Sbattei le palpebre e indietreggiai. Sembrava che avesse premuto un interruttore, sbattendo la porta sui propri sentimenti. Una reazione che odiai tanto quanto le lacrime. «Certo che non è colpa tua. Non ho detto questo.»

«Ma è quello che intendevi.» Prese il telefono dalla tasca e batté il dito sullo schermo.

Serrai la mascella. «*No*, non è affatto quello che intendevo. Dicevo solo che qualcosa deve aver bucato la gomma. Sarebbe successo lo stesso se al volante ci fossi stato io. Non mettermi in bocca parole che non ho detto. Rilassati. Troveremo una soluzione.»

La sua risata abrasiva mi frustò come il vento pungente. «Rilassarmi? Siamo in mezzo al nulla e il cellulare non prende.»

«Prima o poi fermeremo qualcuno.»

«E poi cosa? Pensi che ci daranno una ruota di scorta?» Tornò a picchiettare il telefono, scuotendo la testa. «Avrei dovuto saperlo che sarebbe stato un disastro. Era scontato. Ci sei di mezzo tu.»

Incrociai le braccia. «Ah, quindi adesso sarebbe colpa *mia*?» A quanto pareva il freddo mi aveva congelato il cervello e mi ero dimenticato di quanto sapeva essere stronzo. Perché avrei dovuto compatirlo? Indurendomi, mi concentrai sul vecchio risentimento che ribolliva. «Cosa pensi di fare? Prendermi di nuovo a pugni?»

Charlie alzò la testa di scatto, gli occhi lucidi di rabbia. «Magari sì. Sono sicuro che *Candace* ti farà passare tutto con un bacio.»

I nostri respiri creavano nuvolette furiose nell'aria gelida. «Non parlare di lei. Non so cosa ti abbia fatto…»

«Dici sul serio?» Mi fissò, incredulo. «Sai benissimo quello che ha fatto. Quello che hai fatto *tu*.»

Scossi la testa. «Lei non aveva alcuna colpa. So… So che in prima superiore le cose sono andate di merda, ma questo non giustifica il modo in cui l'hai trattata. E io ho mandato tutto a puttane, ma questo non ti dava il diritto di spaccarmi il naso!

Sei fortunato che ho detto ai miei genitori che ero stato colpito con un bastone da lacrosse. Avrei potuto farti arrestare, per quel pugno.»

Lui strinse le labbra in una linea sottile. «Non avresti dovuto farmi favori, Santo Gavin.»

«Non chiamarmi così!» Il tubo di scappamento mi soffiava gas di scarico intorno alle ginocchia e avevo voglia di urlare. «So di aver commesso degli errori, ma quel giorno in pizzeria non ti avevo detto neanche una parola.»

«Hai riso!» Le sue parole risuonarono aspre.

«E allora? Avevi fatto cadere la pizza e rovesciato la bibita su tutto il pavimento. Stavano ridendo tutti! Non era nulla di che!»

«*Tutti* non erano il primo ragazzo che avessi mai baciato! *Tutti* non mi avevano spezzato il cuore, cazzo.»

In piedi sul ciglio di quella strada deserta, con l'alba e la casa così lontane che sembravano appartenere a un'altra vita, ci fissammo, i petti ansanti e i pugni stretti. Il rimorso si scontrò con un'esplosione di vergogna appiccicaticcia e pensai che avrei dato qualunque cosa per poter tornare indietro nel tempo ed essere coraggioso.

Charlie curvò le spalle, abbassando la testa. Ormai lo sentivo a malapena. «Te ne stavi lì, con la tua ragazza perfetta e tutti i tuoi amici popolari, ed erano *anni* che non mi guardavi nemmeno. Ma in quel momento mi stavi guardando. *Ridendo* di me.»

La mia rabbia si perse nel vento, trasportata via sulla vasta distesa di nulla che ci circondava. Rabbrividii. «Non volevo...» Scossi la testa. «Charlie...»

Lui stava già facendo il giro dell'auto per rientrare. Io salii sul sedile del passeggero, lieto del calore, se non altro. Mentre entrambi tenevamo le mani davanti alle ventole del riscaldamento, cercai di trovare le parole giuste.

«Hai ragione, è stata una cosa da stronzi. È vero. Mi dispiace. Se potessi cambiare il passato, lo farei. Ma per favore, non dare la colpa a Candace. So che mi odi, ma lei non ha fatto nulla di male. Non ha mai... Non sa di noi, Charlie. Non gliel'ho mai detto.»

Il getto d'aria calda soffiato dalle ventole era l'unico suono, a parte quello provocato dal nostro respiro accelerato. Dopo qualche istante, Charlie parlò in tono sommesso, lo sguardo fisso sul volante. «Non avrei dovuto picchiarti o dirle quelle cose schifosissime. Lo so. Mi dispiace averlo fatto. Le devo delle scuse. Avrei voluto dirglielo un sacco di volte, ma ho continuato a crogiolarmi nella mia amarezza. Era più facile odiare il mondo che farci i conti.»

«Sì.» Le parole mi graffiarono la gola. «So qualcosa della paura di affrontare la realtà.»

La sua voce era poco più che un bisbiglio. «Non avresti dovuto mollarmi così. Quando sei arrivato a Norwalk non conoscevi nessuno, e io ero tuo amico. Poi però hai trovato Candace e i ragazzi popolari, e nel giro di una notte per te non sono stato più nulla. So che non sei… Anche se non ti piacevo nello stesso modo in cui tu piacevi a me, eri comunque mio amico.» Fece un respiro tremante. «Eri il migliore amico che avessi mai avuto. Nessuno mi capiva come te.»

Avevo la gola troppo stretta per parlare e il sangue mi pulsava nelle orecchie. Tesi la mano e sfiorai la sua accanto alla ventola, con l'aria calda che mi faceva formicolare le dita. «Charlie, io…»

Un colpo di clacson fece sobbalzare entrambi e ritrassi la mano di scatto. Nel buio vedemmo i fanalini di coda rossi di un camion a rimorchio, che ci superò e tornò in retromarcia sulla banchina. Tutte le cose che dovevo dire stavano per sciogliersi, ma non feci in tempo a formulare una frase che Charlie era già risceso dall'auto e stava correndo verso il camion. Lo seguii.

«Vi serve una mano, ragazzi?» Un uomo maturo scese dall'abitacolo.

«Abbiamo una gomma a terra. Non ne ha una di scorta, vero?» chiese Charlie. «Avremmo chiamato l'autonoleggio, ma il cellulare non prende.»

L'uomo fece un fischio. «Oh, dovreste aspettare un bel po' prima che si facciano vivi, se anche riusciste a chiamare.» Guardò la Jetta strizzando gli occhi. «La ruota di scorta ce l'ho, ma sarebbe troppo grossa. Ho un gancio nel retro, quindi posso trainarvi fino a Little America. Lì c'è un'autofficina che dovrebbe potervi risolvere il problema in mattinata.»

«Little America?» chiesi.

«Sì. Si chiama così per la catena di hotel. Qualche decennio fa, il vecchio Earl Holding ha costruito qui il primo, in mezzo al nulla. Adesso siamo una settantina a vivere lì intorno. È una specie di oasi per i viaggiatori come voi. Per un po', siamo stati la più grande stazione di rifornimento del mondo: cinquantacinque pompe di benzina. Ma adesso in Texas ce n'è una di Buc-ee's che ne ha sessanta.» Ridacchiò. «Si parlava di arrivare a sessantuno, giusto per sfizio. D'accordo, vediamo di agganciarvi. Ah, io sono Bill.»

Dopo esserci presentati, io e Charlie gli ronzammo intorno sentendoci abbastanza inutili, mentre Bill si occupava di agganciare la Jetta al suo camion. Alla fine ci spedì nell'abitacolo, sgridandoci per la mancanza di abbigliamento invernale. Charlie scivolò nel sedile centrale e io lo seguii, sistemandomi sul lato destro. Mi bruciavano le orecchie per il freddo e mi soffiai sulle mani.

C'erano così tante cose che avrei voluto dirgli, ma ormai le parole erano scivolate in anfratti e insenature come acqua sulle rocce. Mi schiarii la gola e riuscii a dire: «Penso che...»

«Lascia stare. Va tutto bene. Dobbiamo concentrarci sul tornare a casa. È passato un sacco di tempo. Ormai non importa più, giusto?»

Guardai il suo pomo d'Adamo sobbalzare mentre si sfregava le mani e sentii le dita prudere per la voglia di toccarlo. Non sapevo neanche dove, di preciso. *Dovunque*. L'avevo guardato crescere da lontano e adesso stargli accanto mi rendeva tutto un formicolio. Importava così tanto che mi toglieva il fiato.

Poi Bill salì al posto del conducente e partimmo verso un posto chiamato Little America.

Charlie

«SIETE FORTUNATI: MI è rimasta una doppia.» L'addetto alla reception – Stephen – digitò qualcosa sul computer. «Ho solo bisogno di una carta di credito.»

Mi sforzai di usare un tono ragionevole. «Una doppia? In realtà ce ne serve una con due letti.»

Stephen si esibì nella temuta combinazione di sorriso-a-bocca-chiusa/testa-inclinata e io mi accasciai sul bancone. «Mi dispiace, signori. Questo weekend c'è il nostro annuale Festival Natalizio di Little America. Questa è letteralmente l'ultima stanza libera di tutto l'hotel.»

Gavin chiese: «Non ci sono altri hotel in città?»

Stephen sorrise. «Noi *siamo* la città.»

Gli passai la mia carta di credito, dato che eravamo comunque a corto di opzioni e tanto valeva tentare di dormire un paio d'ore. Bill ci aveva trainati fino all'autofficina adiacente alla mastodontica stazione di benzina e avevamo raggiunto a piedi l'hotel, che in realtà era un motel tentacolare. L'intero complesso si trovava davvero in mezzo al nulla. «E ha detto che lascerà un messaggio per il meccanico sulla nostra gomma da aggiustare?»

«Certo.» Stephen ci porse una lunga busta con due chiavi magnetiche infilate dentro. «Allora, usciti da qui svoltate a destra. Troverete il nostro centro viaggiatori giusto dietro al villaggio di Babbo Natale. Il centro è aperto ventiquattro ore su ventiquattro, e volendo potrete mangiarvi qualcosa di caldo. La vostra stanza è proprio qui in fondo.» Indicò la cartina plastificata del complesso che si trovava sul bancone.

«Vendono anche cappelli e guanti?» chiese Gavin. «Questo viaggio è un po' inaspettato.»

«Vi conviene provare al negozio di souvenir, che apre alle sei e trenta.» Stephen lanciò un'occhiata all'orologio a muro. «Tra non molto, ormai.»

«Ottimo. Grazie.» Gavin sorrise debolmente.

«E domattina ci saranno un sacco di attività divertenti! Caccia ai bastoncini di zucchero, pattinaggio sul laghetto e la nostra famosissima

Corsa delle Renne.»

«Sembra fantastico,» mentii. «Grazie.»

Una volta fuori avanzammo a fatica, trascinandoci dietro le valigie. Che *palle*. Proprio quando avevamo cominciato a recuperare un po' sulla tabella di marcia e fare qualche progresso. E poi ero andato a riesumare tutte quelle storie. Sapevo di avere sbagliato a prendere a pugni Gavin, quel giorno. E adesso non riuscivo a togliermi dalla mente il ricordo di Candace che sussultava sgranando gli occhi, o del sangue di lui che le sporcava la camicetta gialla mentre lei si stringeva la sua testa al petto.

«Charlie, che cavolo ti prende? Perché l'hai fatto?»

Non seppi rispondere. Tutti mi fissavano come se fossi un mostro. «Fanculo, stupida puttana.» Sputai la parola più brutta che potessi pensare. «Troia.»

Mi ero odiato nel momento stesso in cui l'avevo detta, e subito dopo avevo pensato a quanto si sarebbero vergognati i miei genitori. E avevo fatto del male a Gavin, che mi fissava sconvolto, tenendosi la mano sul naso mentre il sangue scorreva. Non importava che cosa mi avesse fatto. Quel giorno ero stato un vero stronzo, e non era solo il freddo a farmi bruciare le guance, adesso, mentre ci avvicinavamo all'appariscente centro viaggiatori.

Quando ero corso fuori dalla pizzeria, quel

giorno, tutti si erano limitati a fissarmi, e il sibilo dei loro bisbigli mi aveva seguito strisciante. Avevo già smesso di frequentare la gente a scuola; con Ava così malata, non avevo voglia di parlare di niente con nessuno.

Dopo che si era sparsa la voce di quello che avevo fatto a Gavin, i miei compagni avevano cominciato a evitarmi di proposito, e io ero andato avanti a testa bassa con gli auricolari nelle orecchie. Non potevo biasimarli. E come potevo incolpare Gavin per avermi piantato in asso in prima superiore? Era evidente che stava meglio senza di me.

Tim era stato… Be', se dovevo essere sincero con me stesso, Tim era stato una distrazione. Cazzeggiavamo, andavamo a letto insieme e non parlavamo mai davvero di nulla. Era un bravo ragazzo, le cui principali passioni consistevano nel fumare erba e uccidere zombie nei videogame. Fare sesso con me gli piaceva, ed era bello sentirsi desiderato. Avevamo avuto dei bei momenti, ma mi ero reso conto di non sentire la sua mancanza. Lontano dagli occhi, lontano dal cuore.

Al college, divertirmi con qualcuno andava bene, ma qualunque cosa più intima mi faceva venire voglia di rintanarmi nel dormitorio. Per fortuna mi ero accaparrato una singola. E adesso eccomi lì, costretto a condividere una stanza con l'unico ragazzo da cui mi fossi mai lasciato coinvolgere.

Mentre attraversavamo Little America, mi passai una mano sul volto. Cazzo, dovevo solo tornare a casa per Natale e mantenere la promessa fatta ad Ava. *Non puoi lasciare che si ammali di nuovo*, bisbigliò una vocina che scacciai subito, perché quello stupido sogno non era vero.

Come per contraddirmi, la mia mente si affrettò a ripropormi le immagini del letto vuoto d'ospedale, spogliato delle lenzuola, il dottore addolorato e la mia Ava andata, andata, andata. Rabbrividendo, rimpiansi di non potermi lavare il cervello con la candeggina fino a sfregare via i ricordi di quel sogno maledetto.

«Credo che andrò a letto subito.» Gavin si fermò al bivio per la nostra stanza.

«Sì. Neanche io ho fame.»

E così proseguimmo a testa bassa, con il vento che ululava e le rotelle delle valigie che brontolavano sul selciato. Gavin aprì la porta e accese le luci. «Wow. Com'è...»

«Retrò?» Fissai la poltrona a fantasia dorata, a cui mancava solo un rivestimento di plastica per ottenere il vero e autentico "stile da nonna". Il copriletto era intonato e il tappeto era verde a pelo lungo.

«Immagino puntino sull'effetto nostalgia.» Lui posò lo sguardo sul letto. «Posso dormire sul pavimento, se vuoi. Tanto saranno solo poche ore.»

Una parte di me avrebbe voluto davvero accettare. «No, va... va bene. Ormai siamo adulti, giusto? E come hai detto, si tratta solo di poche ore.»

«Sì. Certo.»

Dio o chi diavolo sia in ascolto, per favore, fa' che l'officina ci lasci riprendere presto il viaggio. Durante il turno di Gavin nel bagno, mi sfilai le scarpe. Lessi il foglio informativo dell'hotel e cercai di non guardare il letto.

Quantomeno sembrava che avessimo firmato una tregua. Feci una smorfia pensando a quanto fossi stato debole sul ciglio della strada. Cavolo, mi aveva visto piangere, e l'umiliazione era come acido sulla lingua. Era più facile quando mi concedevo di odiarlo. Quando non ci parlavamo e potevo dimenticare il timbro preoccupato della sua voce e il peso della sua mano compassionevole. E quanto avrei voluto rannicchiarmi tra le sue braccia e lasciar scorrere le lacrime.

Che diavolo di problema avevo? Ava stava bene. Dovevo darmi una regolata. Non ero mai stato superstizioso e dovevo lasciar perdere quel sogno.

Vestito con un paio di boxer e una sbiadita maglietta verde, Gavin uscì dal bagno e si infilò sotto le lenzuola sul lato del letto più vicino alla porta. Io spensi le luci e me la presi comoda nella doccia, sperando di trovarlo già crollato, quando fossi rientrato in camera in punta di piedi. Le tende, aperte di qualche centimetro, lasciavano filtrare abbastanza luce da farmi strada.

Titubante, mi sedetti sul bordo del letto e scivolai sotto le coperte facendo meno rumore possibile. Rannicchiato sul fianco, Gavin mi dava la schiena e io imitai la sua posizione, voltandomi dalla parte opposta. Imponendomi di rilassarmi, attesi che il mondo sbiadisse.

Il silenzio era troppo pesante e sapevo che Gavin non stava dormendo. Chiusi gli occhi con decisione. Davvero, che senso aveva riesumare tutto? Eravamo bloccati insieme per quel viaggio, dopodiché avremmo ripreso a non parlarci. Eravamo stati amici solo un paio di mesi dopo il suo trasferimento a Norwalk. Ormai eravamo degli sconosciuti.

Allora perché volevo rotolare sul fianco e premermi contro di lui, a cercare il suo odore e il suo sapore? Ero stato con altri ragazzi. Per quale motivo lui mi era entrato così a fondo sotto la pelle? Dicono che il primo amore non si scorda mai, ma era assurdo. Neanche avessimo avuto qualche grande storia romantica. Un giorno di baci e palpeggiamenti avrebbe dovuto finire da un pezzo nel dimenticatoio.

Anche se sul momento mi aveva distrutto, eravamo dei ragazzini. Non dovrebbe significare più nulla, adesso.

Gavin si mosse appena e io trattenni il fiato. Sentivo il calore del suo corpo a pochi centimetri dal mio e correvo il serio rischio di cadere dal letto. Lo ascoltai non-dormire e guardai i minuti trascorrere lenti sul display a cristalli liquidi della sveglia. Tecnicamente era già mattina, ma l'alba non poteva arrivare abbastanza in fretta.

Gavin

SOSPESO IN UN limbo tra il sonno e la veglia, avevo il corpo teso e le gambe quasi raccolte contro il petto. I miei capelli erano umidi per i sudori notturni e, nonostante avessi bisogno di dormire sul serio, sapevo che non sarebbe accaduto. Decisi che un paio d'ore di dormiveglia avrebbero dovuto bastarmi e aprii gli occhi sullo sbiadito mattino grigio che entrava lento dallo spiraglio tra le tende.

Dietro di me, Charlie russava piano. Con estrema lentezza, mi girai sulla schiena e distesi le gambe irrigidite, tendendo e flettendo le dita dei piedi mentre lo guardavo. A un certo punto si era voltato, la sua mano mi sfiorava quasi il braccio. Aveva le labbra socchiuse e, Dio, sapevo che era un cliché, ma sembrava così innocente.

Senza la tensione rabbiosa della mascella e la curva rigida delle spalle, mi ricordava tantissimo il Charlie che avevo conosciuto quella prima estate. Il Charlie che era stato mio amico finché non avevo rovinato tutto.

Finché non gli avevo spezzato il cuore.

Mormorò qualcosa e fece schioccare le labbra prima di immobilizzarsi di nuovo, e mi chiesi come sarebbe stato baciarlo adesso. Quel giorno al laghetto era stato una frenesia di corpi premuti l'uno contro l'altro, mentre dietro di noi gli ormoni esplodevano come bombe a grappolo. In quel momento avrei voluto baciarlo con lentezza: fargli schiudere le labbra e sentire lo scivolare della sua lingua mentre la sua guancia ispida sfregava contro la mia.

Inspirai di scatto. Cazzo, non potevo pensare a certe cose con un'erezione mattutina già fin troppo impaziente. Il cuore mi batteva fortissimo e non riuscivo a smettere di guardarlo. Nella stanza faceva caldo e lui si era scalciato il copriletto fino in fondo ai piedi.

La maglietta bianca si era alzata a scoprire qualche centimetro di ventre e la peluria nera che scompariva come un sentiero sotto l'elastico dei boxer. I peli gli cospargevano anche le gambe, e il ginocchio sinistro un po' piegato lasciava intravedere un neo sull'interno coscia che avrei voluto leccare. Potevo scorgere il rigonfiamento del suo sesso sotto i boxer a scacchi e mi chiesi come sarebbe stato prenderlo in bocca e succhiare.

Desiderio e terrore mi strinsero i testicoli. Merda, avrei dovuto avere il fegato di rimorchiare qualcuno a scuola; forse non sarei stato così terribilmente teso. Ma me l'ero fatta sotto. Ripensai a come Candace mi aveva dato di gomito, appena prima di partire per New York.

«Quando ti deciderai a provarci? Tuffati e basta, con i piedi. E le mani. E...» Sporgendosi verso di me, aveva sussurrato: «E sai, con... l'uccello. Sarà fantastico!»

Si sbagliava, però. Le poche volte in cui l'avevamo fatto, il sesso era stato impacciato e mai davvero *giusto*, ma non mi aveva spaventato. Forse perché la conoscevo così bene. O perché agivo in automatico da così tanto tempo che si trattava solo dell'ennesima recita. E le volevo bene sul serio, ci avevo tenuto che la sua prima volta fosse piacevole. Ero stato così concentrato su quello, che avevo ignorato ciò che desideravo davvero.

La verità era che il pensiero di scoparmi un ragazzo nella vita reale e non soltanto nelle mie fantasie febbrili era assolutamente, del tutto terrificante. Per non parlare del fatto che era *Charlie* che stavo guardando come un pervertito. Perché anche mentre cercavo di convincermi che avevo soltanto voglia di cazzo, sapevo che era una bugia.

Era lui che volevo toccare e assaggiare. L'avevo voluto allora e lo volevo in quel momento. Ma dopo quanto era successo non mi avrebbe mai più guardato in quel modo, e non potevo biasimarlo.

Il mio cellulare silenzioso si illuminò sul tavolino, così lo presi e lessi il messaggio di mio padre, lieto della distrazione.

Come va il viaggio? Sei a posto con i soldi?

Picchiettando i pollici sulla tastiera, risposi:

Tutto bene e sì. Mi sono appena svegliato in Wyoming. Salutami mamma. Spero che da voi faccia più caldo che qui! :)

In risposta, mio padre mi inviò la foto di una splendida spiaggia di sabbia bianca e di un oceano azzurro su cui sorgeva un sole magnifico. Aggiunse:

Guida con prudenza e salutaci tanto Candace. Ci vediamo quando torni dalle piste. Stammi bene, ragazzino.

Spensi il telefono e sospirai. Non avevo accennato alla gomma bucata o al fatto che c'era Charlie con me, perché poi papà avrebbe avuto mille domande a cui non volevo rispondere. Domande che lui stesso non voleva fare.

Da quando ero andato al college, io e i miei genitori avevamo parlato delle mie lezioni, del tempo, del gruppo di lettura di mamma, della lega di bowling di papà e di nessuna delle cose che contavano davvero. Era evidente che mia madre avrebbe voluto che tornassi con Candace, ma non chiedeva nemmeno se avessi incontrato altre ragazze. E di certo non lo faceva mio padre.

Lo ammetto: quando io e Candace ci eravamo lasciati, avevo aspettato che lui accennasse al motivo. Al fatto che ero gay. Era ancora strano pensarlo: *sono gay. Sono davvero, sinceramente gay.*

Ero stato sicuro che un giorno mi avrebbe messo a sedere e avremmo affrontato tutto. Avevo aspettato. E aspettato. E poi, di colpo era arrivato il momento di partire per Stanford, e avevamo parlato solo del mio lavoro alla piscina locale, delle chance dei Red Sox di vincere il pennant e di un sacco di altre cose che non significavano nulla.

Strinsi forte gli occhi al ricordo di quel lunedì del Labor Day di quattro anni prima, in garage, la mattina dopo che avevo baciato un ragazzo e poi una ragazza. La mattina in cui non sapevo che diavolo fare, perché era il ragazzo che volevo davvero, davvero baciare di nuovo. Papà era sempre stato il mio migliore amico. Mi aveva sempre detto le cose giuste. Aveva sempre ragione.

«Non dirlo a tua madre.»

Charlie si mosse di nuovo, svegliandosi con un gemito, e il peso di tutto quello che mi ero perso negli ultimi quattro anni mi gravò addosso come se stessi precipitando sul fondo dell'oceano. Mi fiondai giù dal letto e corsi in bagno, aprendo l'acqua della doccia al massimo perché non mi sentisse piangere.

Capitolo quattro

Gavin

«Okay. Grazie.» Charlie mise giù il telefono sul tavolino accanto al letto mentre io uscivo dal bagno, vestito e sbarbato. «Sarà pronta per le undici. A quanto pare, prima sono impegnati con un paio di camion. Secondo te devo chiamare la ditta di autonoleggio? Sarà meglio che ci rimborsino la spesa.»

«Siamo assicurati, quindi me lo auguro. Li chiamerò più tardi. Scusa se ci ho messo tanto nel bagno.»

«Non c'è problema. A quanto pare non siamo di fretta.»

«Ho visto un cartello che pubblicizzava pancake per colazione come parte di questa cosa del festival. Vuoi darci un'occhiata?»

«Certo.» Charlie aprì la cerniera della sua enorme valigia rosa e rovistò all'interno, tirando fuori – stranamente – un sacco di Transformers.

«Vado a fare un'altra doccia.» Con uno strattone, prese un paio di boxer dal fondo della valigia. «Non c'è bisogno che aspetti.»

«Non è un problema. Non sto morendo di fame.» Mi sedetti sul letto appoggiato alla testiera e accesi la TV. Come aveva detto, ormai eravamo adulti. Potevamo essere civili e normali. «Magari, dopo colazione potremmo costruire Optimus Prime.»

Sorrise esitante. «Quelli sono per Ava.»

Ricambiai il sorriso. «Fico. Sono sicuro che li adorerà.» Tirai un filo allentato sul copriletto spiegazzato. «Sta... Hai detto che è andata in remissione?»

Charlie aveva raccolto una delle scatole di Transformer e se la rigirò tra le mani. «Sì. Le ho dato il mio midollo e ha funzionato. Ha dovuto fare un sacco di chemioterapia e stronzate varie, ma ha funzionato.»

«Hai donato il tuo midollo osseo?»

Corrugò le sopracciglia, la voce bassa. «Pensi davvero che non l'avrei fatto?»

«No, no, certo che sì. È solo che non lo sapevo, tutto qui.»

Lui espirò e si passò una mano tra i capelli spettinati. «Giusto. Be', sì, le ho donato il mio midollo e adesso sta meglio.» Giocherellò ancora con la scatola, studiandola con lo sguardo fisso. «Per il momento, almeno.»

Avrei voluto dire un milione di cose, ma le parole si rifiutavano di uscire. Invece chiesi: «Non sei rimasto a casa da scuola, vero? Per la donazione del midollo.»

«Solo un giorno. Non ci è voluto molto. Ero solo stanco e roba simile. Ho passato un fine settimana a dormire un sacco e poi sono stato bene.»

«Ha fatto male?»

«Tantissimo. Un male boia. Mi hanno fatto un'anestesia locale, ma dopo mi è rimasto un dolore sordo. Solo per un paio di giorni, però.» Si voltò verso il fondo del letto e sollevò la maglietta. «Una delle incisioni mi ha lasciato una piccola cicatrice.» Si abbassò i boxer sui fianchi. «Vedi?»

Il cuore mi martellava nel petto mentre strisciavo sul materasso e sbirciavo la parte inferiore della sua schiena. Sul lato sinistro si vedeva una linea leggera e, prima di riuscire a trattenermi. tesi un dito per toccarla. Mentre la tracciavo, mi sembrò di sentirlo rabbrividire. «Scusa... mani fredde.»

«È tutto okay,» borbottò con voce strozzata.

«Hai detto che il dolore è durato solo per poco? Questo non ti fa male, vero?» Fermai il movimento del dito, ma non ritrassi la mano.

Charlie scosse la testa, girato di schiena.

«Te l'hanno preso dall'anca?» chiesi.

«Sì.» Rimase immobile mentre ispezionavo la

cicatrice, muovendo il dito sulla pelle pallida.

«Hai detto che sta meglio, per il momento. C'è il rischio di una ricaduta?»

«Il rischio c'è sempre. Soprattutto se io...» Lasciò andare la maglietta e ruotò su se stesso, frugando tra i vestiti nella valigia senza guardarmi.

«Se tu cosa?» Seduto ai piedi del letto, osservai i suoi movimenti convulsi. Volevo toccarlo ancora di più, tanto che dovetti stringere i pugni.

Dopo un respiro profondo, disse: «Devo solo tornare a casa presto.»

«Altrimenti? Cosa succederà se non arriverai in tempo per Natale? Cioè, so che sarà una gran rottura per tutti, ma sembra che ci sia qualcosa di più. Di cosa hai paura?»

Sempre senza guardarmi, Charlie raddrizzò la schiena e parlò rivolto ai jeans che stringeva in mano. «È stupido, lo so. Ma non riesco a togliermelo dalla testa.»

«Che cosa?»

Gonfiò le guance ed espirò rumorosamente. «Ho sognato che non arrivavo in tempo per Natale e Ava moriva.»

Feci una smorfia partecipe. «È terribile. Mi dispiace. Ma un sogno non deve significare nulla. Non credo che si avverino mai.»

Fissando i jeans stretti nelle sue mani, annuì. «Sembrava così reale, però. Lo ricordo come se fosse accaduto. Sento l'odore degli antisettici dell'ospedale.»

Avrei voluto avvicinarmi, ma temevo che smettesse di parlare. «Odio quel genere di incubi.»

«Sì. Sono partito per San Francisco solo perché era andata in remissione. Non l'avrei mai fatto, altrimenti. Ho odiato comunque doverla lasciare, ma mi avevano offerto una borsa di studio e mamma e papà insistevano perché vivessi la mia vita. Ma non riesco a immaginare una vita senza di lei. E quando le ho detto che me ne sarei andato…» Inspirò a fondo.

«Dev'essere stato difficile.»

Charlie piegò i jeans e poi li stese di nuovo, continuando a non guardarmi. «Sì. Ha cercato di essere coraggiosa, come fa spessissimo, ma ero sempre, sempre stato al suo fianco, sai? E le ho promesso di tornare per Natale, dato che non potevamo permetterci anche un volo per il Ringraziamento e le vacanze natalizie sono più lunghe. So che tutti ci credono ricchissimi, dato che mio padre è un avvocato, ma nonostante l'assicurazione, le fatture mediche sono state brutali.»

«Dio, posso solo immaginarlo.»

«Gliel'ho promesso. L'ho guardata negli occhi e le ho giurato che sarei tornato per Natale. Gli ultimi due anni stava così male che era sempre in ospedale. Questo è il primo che passa di nuovo a casa, e dovevamo aprire le calze insieme nel cuore della notte e poi svegliare i nostri genitori e...» Si sfregò il viso. «Fare tutte le cose che facevamo prima che si ammalasse.»

«Le farete. Arriveremo in tempo. Possiamo ancora farcela. Ti riporterò a casa.» Ci sarei riuscito, a costo di caricarmelo sulla schiena come aveva fatto un tempo lui con Ava.

Annuendo, espirò tremante. «Grazie. Non so perché sono così schizzato. Scusa.»

«Non scusarti.» Mi alzai e azzardai un passo verso di lui. «È del tutto comprensibile.»

«Se dovesse succederle qualcosa mentre non ci sono, non so che farei,» sussurrò.

«Va tutto bene.» Gli posai la mano sulla spalla, stringendo appena la presa. «Non c'è nulla di male nell'avere paura. Sei autorizzato a farlo. Non devi essere coraggioso di continuo.»

Tremò, scuotendo la testa. «*Io?* Ho paura di tutto.»

«Non l'avrei mai detto.»

I nostri sguardi si incontrarono. «A quanto pare, no.»

Avevo ancora la mano posata sulla sua spalla e mi feci più vicino, la vulnerabilità nei suoi occhi azzurri mi attirava come una calamita. «Charlie...»

Di colpo si chinò, agguantando ancora più vestiti dalla valigia. «Devo solo scrollarmelo di dosso.» Mentre si rialzava scosse le braccia e le gambe, poi mi guardò, arrossendo. «Ehm, è una cosa che facciamo io e Ava. Quando faceva la chemio, era il nostro piccolo… Non so. Rito, immagino. Un sacco di volte era troppo debole anche per reggersi in piedi, così ci pensavo io a scrollarle via per lei. Tutte le cose brutte che provava. È stupido.»

Il petto mi si strinse. «Non è stupido affatto.» Odiavo che ne avesse passate così tante con Ava e che io non avessi neanche *provato* a stargli vicino. Pestai i piedi e scossi le braccia. «Ecco, ti aiuto anche io.»

A quel punto sorrise, un raggio che gli illuminò il volto mentre ridacchiava. «Grazie, Gav.»

Dio, il cuore mi si gonfiò come quello del Grinch, rischiando di sfondarmi il petto. Sentirmi chiamare di nuovo *Gav* dopo tutto quel tempo… significava molto. Riuscii a mantenere la voce ferma. «Nessun problema.»

«Grazie. Ehm, se adesso hai fame, vai pure.»

Era ovvio che non sarei andato da nessuna parte. Tornai a sedermi sul letto e feci zapping tra i canali, e quando Charlie uscì dalla doccia entrambi fingemmo che fosse tutto a posto. Ed era così. Era solo… strano, ma non in modo negativo.

Per prima cosa passammo dal negozio di souvenir, e in breve sfoggiammo una tenuta assurdamente identica a tema Little America, consistente in pile, guanti e berretto di lana con il pompon. Erano tutti blu scuro con dettagli rossi e bianchi. Sembravamo super patetici, ma quantomeno ci avrebbero tenuti al caldo.

Dopo che Charlie ebbe comprato un globo di neve per Ava, attraversammo il complesso per raggiungere la colazione all'aperto. Vicino al villaggio di Babbo Natale, un altoparlante trasmetteva a tutto volume un'allegra musica natalizia e noi ci mettemmo in fila per i pancake. La gente gironzolava vestita con costumi da Babbo Natale e più maglioni natalizi di quanti pensavo esistessero al mondo.

Il vento si era placato, quindi c'era un tempo piacevole, nonostante fosse nuvoloso. Dal cielo scendevano lenti fiocchi di neve e mi trovai a fischiettare *Jingle Bell Rock*. Le luci vivaci e le canzoncine divertenti di Natale mi erano sempre piaciute. Adam Sandler aveva fatto del suo meglio per riempire il vuoto, ma in fatto di musica Natale batteva Hanukkah a mani basse.

Ci sedemmo a un tavolino da picnic coperto da una tovaglia rossa e verde e affondammo le posate di plastica nei pancake con lo sciroppo d'acero. Gemetti. «Mmm. Che buoni. Non mangiavo pancake da un'eternità.»

«Anche io.» Charlie prese un altro boccone. «Erano secoli che non assaggiavo il vero sciroppo d'acero. Ad Ava piace quello finto. Strano, lo so.»

Indicai il suo mento. «Hai del...» Sporse la lingua per raccogliere la goccia di sciroppo fuggiasca e il mio stomaco fece una capriola.

«Che c'è?» Corrugò la fronte. «Non l'ho presa?» Si passò il tovagliolo sulla bocca. «Adesso è andata?»

«A-ha.» Cacciandomi in bocca un'altra forchettata, mi concentrai sul piatto invece che sull'agilità della sua lingua. «Leggi ancora *The Walking Dead*?»

«Certo. Tu?»

Annuii. «L'ultimo numero era folle. Mi chiedo se si spingeranno a tanto nella serie TV.»

«Probabile. Hanno già infilato i cannibali, quindi non credo che avranno paura di toccare anche quel tema. Spero solo che non uccidano Daryl.»

«Nah. È troppo popolare. Ma immagino che con loro non si possa escludere nulla.»

«Ho una teoria su come andrà il resto della stagione.» Nel parlare gli si illuminarono gli occhi e cominciò a tagliare con entusiasmo i pancake.

Mentre mi illustrava la sua teoria, fui colpito da un'altra ondata di rimpianto per tutti gli anni che ci eravamo persi e per tutte le conversazioni che avremmo potuto fare su zombie, fumetti e cannibali. L'estate in cui ci eravamo conosciuti, eravamo andati in bici per il vicinato, girando in tondo, pedalando fianco a fianco per le strade silenziose e parlando di... tutto.

«Comunque. Immagino che non succederà, ma non sarebbe *fantastico*?»

Feci un gran sorriso. «Assolutamente.»

Charlie mi guardò per un lungo momento, poi chinò la testa, facendo oscillare il pompon del berretto.

«Che c'è?» chiesi, accigliandomi. «Ho qualcosa in faccia?» Mi pulii la bocca con il tovagliolo.

Alzò gli occhi dal piatto per lanciarmi un'occhiata. «Sì. L'hai tolto.»

Una donna, che indossava un pullover e un cappello di lana intonato decorato con gli elfi, si materializzò accanto al nostro tavolo con in mano un portablocco. «Buon Natale, ragazzi! Vi siete già iscritti alla Corsa delle Renne?»

Le sorrisi. «Buon Natale. No, in realtà siamo qui solo per la mattina. Abbiamo una gomma a terra.»

«Be', siete fortunati! La corsa comincia tra venti minuti. È tutto per beneficenza. Più sono i partecipanti, più soldi avremo per fare regali ai bambini bisognosi di Cheyenne. Per partecipare non dovete pagare nulla: ci serve solo la vostra prestanza fisica. Che ne dite?»

Io e Charlie ci scambiammo un'occhiata. Lui scrollò le spalle. «Certo. Una corsetta non ci ucciderà, soprattutto se è per una buona causa. Non è lontano, vero? Dobbiamo ripartire il prima possibile.»

Lei indicò l'altro lato del complesso, dove stavano issando un grande striscione rosso e verde.

«Giusto oltre il parcheggio. Avrete tutto il tempo. Fatemi segnare i vostri nomi.» Appuntò i dati sul blocco per gli appunti e ci passò due pettorine da corsa di plastica, entrambe con il numero trentasei.

«Oh, non ci servono numeri diversi?» chiesi.

«No! Correrete come squadra. Ci si vede alla linea di partenza tra un quarto d'ora!» Scappò via.

Scambiandoci un altro sguardo, scrollammo di nuovo le spalle. «Sembra abbastanza semplice,» commentò Charlie, sbirciando la distesa del parcheggio dove stavano allestendo la pista. «Sarà una corsa velocissima.»

Poco dopo, eravamo sulla linea di partenza con i nostri ridicoli cappelli e i numeri della corsa affissi ai pile intonati. Fissai uno degli organizzatori, un uomo vestito da Babbo Natale. «Un attimo, come? Bendati? A cavalluccio?»

Babbo Natale rise con un vero e proprio *oh-oh-oh*. «Vedi, tu sei la renna e lui è la slitta.» Mosse il mento verso Charlie. «Lui deve portare i sacchi di regali, reggersi in equilibrio sulla tua schiena *e* darti le indicazioni. È quella la sfida.»

«Ma... non ricordo che Rudolph sia mai stato *bendato*,» protestai.

Babbo Natale si avvicinò con una grande striscia di stoffa rossa e dorata e me la legò intorno alla testa.

«Un momento. Non penso che sia una buona idea,» insistetti.

«Vedi qualcosa?» chiese lui.

«No! Per questo è una cattiva idea.»

«Non hai paura del buio, vero? *Oh-oh-oh*. Buona fortuna, ragazzi!» Mi diede una leggera pacca sulla schiena e se ne andò, o così immaginai, almeno.

La voce di Charlie era densa di divertimento. «È una specie di perversa fantasia natalizia sadomaso. Little America è viziosa.»

«Tutto questo è ridicolo.» Alzai la mano per togliermi la benda, ma qualcuno mi afferrò il polso. «Charlie?»

Era più vicino, adesso, e mi parve di sentire il calore del suo corpo che sfiorava il mio. «Sono io. Non preoccuparti, non lascerò che Babbo Natale ti leghi nel suo laboratorio con gli elfi. A meno che l'idea non ti solletichi.» Le sue dita erano rassicuranti e solide intorno al mio polso. Ci eravamo tolti i guanti per fare colazione e, senza il vento tagliente, non avevamo sentito necessità di rimetterli.

Avrei voluto ridere, ma il cuore mi batteva violento. Lui mi lasciò andare e io tesi il braccio nel vuoto, esposto e solo. «Charlie?»

La sua voce era ancora lì. «Ehi, va tutto bene. Stai sclerando?» Mi strinse la nuca con la mano calda. «Non dobbiamo farlo per forza.»

Inspirai a fondo. «No, sto bene. È solo... È strano, giusto?»

«Super strano. Scommetto che questo trionfo del Natale è in realtà un'orgia segreta per gente con il fetish natalizio.» Mi prese il braccio. «Adesso stiamo andando alla linea di partenza.» Dopo circa dieci passi, si fermò. «Ed ecco che le cose diventano più strane ancora. Accucciati, così posso saltare su. Spero solo che questi bambini apprezzino i loro doni.»

Piegando le ginocchia mi chinai in avanti e il peso di Charlie mi atterrò sulla schiena. Barcollai mentre mi raddrizzavo, sollevandolo con le mani sotto le cosce. Sentirmelo premuto addosso mi faceva formicolare dappertutto.

«Devo davvero portare questo sacco?» chiese Charlie a qualcuno. Alzando la mano sinistra, mi conficcò le dita nella spalla destra.

Una voce di donna urlò: «Pronti, partenza... via!» Lo squillo di un megafono mi fece sobbalzare e cominciai a correre.

«No, no, va' a sinistra!» urlò Charlie, e ubbidiente sterzai. «Non così tanto!» Ballonzolò sulla mia schiena e fui quasi sicuro che saremmo finiti a mangiare cemento. Disse qualcos'altro, ma non riuscii a sentirlo con tutti gli ordini urlati dalle altre squadre e le grida di incitamento che presumevo provenissero dagli spettatori.

«Non ti sento!» urlai, correndo più forte che potevo anche se non importava chi avrebbe vinto quella corsa bizzarra.

Charlie mi passò un braccio intorno al collo e mi alzò il berretto, sfiorandomi l'orecchio con le labbra. «Più a destra. Oh merda, quel tizio sta per investirci! Fermo!»

Con il cuore che martellava, mi bloccai di botto.

«Okay, corri!» La sua risata mi echeggiò nell'orecchio, il respiro caldo. «Continua! Un po' a destra.»

Mi trovai a ridere anche io mentre attraversavamo a zigzag il parcheggio di Little America. Compresi che avevamo raggiunto il traguardo solo quando il peso caldo di Charlie scomparve.

Ma mentre balzava giù, i nostri piedi si impigliarono e io rovinai a terra, che era stranamente elastica. Charlie si afflosciò su di me e, quando mi tolsi la benda, scoprii che eravamo atterrati sopra un lungo bastone di zucchero gonfiabile che stavano usando come materassino.

Il suo peso mi spinse giù e lo sentii tremare dalle risate. Mi unii a lui, avrei potuto restare lì tutto il giorno a ridacchiare con Charlie su quel bastone di zucchero. Eravamo tutti aggrovigliati e, mentre mi contorcevo per girarmi sulla schiena, lui mi sorrise dall'alto con quello stupido berretto con il pompon. Il blu gli faceva risaltare ancora di più gli occhi.

Restai senza fiato. Era così bello.

«Stai bene?» Mi era caduto il cappello e Charlie

mi passò la mano sulla testa, lisciandomi con dita delicate i capelli che dovevano essere spettinatissimi. «Non ti ho fatto male, vero?»

Il peso della sua coscia contro la mia era splendido e straziante. Scossi la testa.

Altri partecipanti stavano inciampando sulla linea del traguardo e dovemmo farci da parte quando una squadra precipitò sopra il bastone di zucchero, strillando e ridendo. Charlie mi tirò in piedi e alzò la mano per farmi battere il cinque. Gli schiaffeggiai il palmo.

«La signora elfa ci ha battuti alla grande.» Si chinò verso di me e abbassò la voce. «Dico solo, è evidente che sa muoversi bendata. Ora leviamoci di qui prima che ci chiedano di partecipare a qualcun altro dei loro giochi con le renne.»

Charlie

POCO PRIMA DI mezzanotte, l'insegna al neon di una stazione di benzina aperta ventiquattro ore su ventiquattro ci convinse a uscire dall'interstatale. Consultai la mappa sul telefono. «Siamo vicini a Lincoln. Niente male.»

Gavin si fermò accanto a una delle pompe. «Peccato aver dovuto aspettare fino a dopo mezzogiorno per quella gomma nuova. Devo ancora chiamare la ditta di noleggio. Uff. Odio occuparmi di...» Mosse la mano e fece una risatina. «Roba da adulti. Immagino che dovrei farci l'abitudine, eh?»

Sorrisi. «Sì. Per fortuna abbiamo entrambi le carte di credito. Il mio limite è mille dollari, quindi meglio non bucare altre gomme.»

Mentre Gavin si metteva il pile e riempiva il serbatoio, io infilai il mio sopra la felpa ed entrai rabbrividendo nell'autogrill per fare scorta di Doritos, patatine alla cipolla e panna acida, orsetti di gomma, Reese's, Red Bull e Coca Cola. Avevo dormito un paio d'ore mentre attraversavamo le pianure sterminate e ricoperte di neve del Nebraska, e adesso era il mio turno di guidare.

Con un grosso sbadiglio, comprai gli snack e uscii con la chiave del bagno, rimpiangendo di non aver portato il cappello e i guanti di Little America. Mi accorsi che stavo sorridendo da solo mentre svoltavo l'angolo buio della stazione di rifornimento. Dopo quell'assurda corsa bendata, le cose con Gavin erano andate piuttosto... bene. Più che bene. Eravamo forse di nuovo amici e...

Il terreno mi scivolò via da sotto i piedi e agitai inutilmente le braccia mentre precipitavo sul cemento, perdendo la presa sul sacchetto di plastica e la chiave del bagno. Riuscii a tenere la testa sollevata durante l'impatto, ma i polmoni smisero di funzionarmi e si svuotarono del tutto, ghiacciati. Piccoli sassolini mi si conficcarono nel cranio mentre restavo lì disteso, il terreno era gelido anche attraverso i jeans. Oltre che gelato sul serio, cazzo. Buono a sapersi.

Faceva freddissimo, ma mi sembrava di non poter muovere gli arti o espandere i polmoni. Avevo male dappertutto e riuscii a emettere un piccolo ansimo e un gemito. *Ahiaaa.*

«Charlie? Hai detto qualcosa?» La voce di Gavin risuonò lontana. Dovevo aver gridato mentre cadevo. Cercai di rispondere, ma in quel momento parlare era al di là delle mie forze. Lui mi chiamò di nuovo, poi sentii il rumore sordo di passi in rapido avvicinamento. Il suo viso ostruì la mia vista dell'Orsa Maggiore sopra il muretto di mattoni della stazione di benzina. «Charlie! Stai bene?»

Riuscii a sibilare a denti stretti: «Ghiaccio del cazzo.»

Il volto tirato, Gavin mi passò leggero il palmo sulla testa, sfiorandomi la nuca con la punta delle dita e provocandomi brividi lungo la spina dorsale. Il suo respiro mi batté sulle guance, dolce come l'estate nell'aria gelida. «Ti fa male?» Fece una smorfia. «Cioè, ovvio che ti fa male. Riesci ad alzarti? Devo chiamare un'ambulanza?»

I miei polmoni ormai avevano ripreso a riempirsi d'aria e scossi la testa incerto mentre mi rialzavo. Avevo la voce stridula. «Sto bene. Mi ha solo lasciato senza fiato.»

Gavin mi passò un braccio intorno alla schiena. «Sicuro? Potresti avere una commozione cerebrale.» Alzò un pugno. «Quante dita sono?»

«Nessuna. Bel tentativo.» Il suo braccio era forte e solido e mi appoggiai a lui in ginocchio sul cemento. Inspirai a fondo, e il lieve sentore legnoso di acqua di colonia mischiato al puro odore di Gavin mi fece girare la testa. Avrei tanto voluto che fosse solo la commozione cerebrale, ma sapevo che era molto peggio.

Mi tirai in piedi di scatto e lui mi strinse il gomito con un sorriso che gli scavò quelle maledette fossette nelle guance.

«Fortuna che hai la testa dura, eh?»

Riuscii a sorridergli a mia volta prima di trascinarmi verso il bagno, che ovviamente era chiuso. «Vedi la chiave da qualche parte?» Parlare faceva ancora male, ma tutto si stava di nuovo rilassando. Merda, avevo scordato cosa significasse avere il fiato mozzato. A hockey mi era capitato di continuo, ma non ci giocavo da quando Ava si era ammalata.

Gavin tirò fuori il telefono e accese la torcia. «Trovata.» Mi aprì la porta, anche se non ce n'era bisogno. «Sicuro di stare bene? Ehm... Ti serve una mano?» Rimase incerto al mio fianco.

Una parte di me avrebbe voluto tenerlo a distanza e rispondere qualcosa di sarcastico, tipo che per tutti quegli anni ero riuscito a occuparmi del mio uccello senza di lui. Ma mi limitai a un sommesso: «Sto bene. Grazie.»

«D'accordo. Posso continuare a guidare io, così vediamo come va la tua testa.»

«Sono caduto sulla schiena. Davvero, sto bene. Manderò giù qualche ibuprofene.»

Torse le labbra. «Non corriamo rischi. Berrò una Red Bull. Non c'è problema.»

«Oh, ne ho comprata qualcuna. Merda.» Osservai il contenuto del sacchetto di plastica, ormai sparso su tutto il selciato.

«Raccolgo io.» Si fece strada con cautela sulla lastra di ghiaccio mentre io lo guardavo affacciato dalla porta, anche se avrei dovuto sbrigarmi a pisciare dato che stavamo perdendo tempo. Poi Gavin tornò a voltarsi, accigliato. «Sicuro di non esserti rotto nulla?»

Non fidandomi della mia voce, annuii e lui si chinò a raccogliere gli snack. Era vero: le mie ossa erano intatte, ancora saldamente insieme. Ma in quel momento, sotto la fragile distesa del cielo invernale del Nebraska, seppi che il mio cuore era di nuovo spacciato.

Capitolo cinque

Gavin

23 dicembre

ERANO QUASI LE sei quando lasciai l'interstatale per entrare in un parcheggio del McDonald's. Sentivo avvicinarsi un mal di testa e avevo spento la mia playlist hip-hop anni Novanta già da qualche chilometro. Charlie sonnecchiava sul sedile del passeggero, rannicchiato verso il finestrino. La maglietta e il pile gli si erano un po' sollevati e vedevo una striscia di pelle chiara vicino alla cicatrice del prelievo del midollo.

Mi sforzai di concentrare la mia completa attenzione sulla strada. Il sole era già tramontato e mi stropicciai gli occhi. Avevamo guidato per tutta la notte e una giornata grigio acciaio attraverso l'Iowa, l'Illinois e l'Indiana, dormendo e alternandoci al volante.

Trovai una piazzola, ma lasciai il motore acceso, per il momento, riluttante a svegliare Charlie.

Avevo il folle impulso di allungare la mano e tracciare il contorno del suo orecchio con le dita. Sembrava essersi ripreso bene dalla caduta a Lincoln, ma un po' di riposo in più non avrebbe guastato. Forse avrei potuto lasciare l'auto accesa mentre entravo per pisciare e arraffare qualche sacchetto di patatine e una Coca Cola. Ma mi sembrava di sentire la voce di mia madre, stridente, che mi avvertiva dei rischi. *«E se un assassino con l'accetta te la rubasse? Ci vogliono solo due secondi!»*

Il mio sorriso sbiadì alla fitta di dolore che mi attraversò il corpo. Cosa avrebbe detto mia madre se avesse saputo che ero lì con un ragazzo gay? O se avesse saputo che ero gay pure io? E mio padre? Cosa avrebbero detto il giorno in cui avrei portato a casa il mio primo ragazzo? Sarei riuscito a farlo, prima o poi, o avremmo continuato a parlare del tempo e dei Red Sox, fingendo che nulla fosse cambiato?

Forse il mio ragazzo sarà proprio Charlie, alla fine.

Ispirai bruscamente, assalito da una vampata di desiderio, e Charlie si tirò su di scatto sbattendo le palpebre. «Che c'è?» Mi fissò, poi si guardò intorno. «Che succede? Dove siamo?»

«Alla periferia di Sandusky. Va tutto bene.» Spensi il motore. «Ho solo bisogno di una piccola pausa.»

«Ohio?» Sorrise, e sentii una stretta al cuore.

«Fantastico. L'ultima cosa che ricordo è South Bend. Come va? Posso guidare un po' io, se vuoi. Ormai ci stiamo avvicinando. Non vedo l'ora di riabbracciare Ava e i miei.» Stiracchiò il collo da un lato, con una smorfia.

«Stai bene?»

«Sono solo un po' rigido. Cadere fa male, bello.» Si sgranchì le spalle. «È tutto a posto. Mangiamo qualcosa e poi guido io.»

«Fammi vedere. Girati verso la portiera.» Mi voltai alla meglio e allungai le mani verso di lui, insinuandole sotto il colletto del suo pile e massaggiandogli con delicatezza il collo.

Un brivido gli increspò la pelle. «Mani fredde,» mormorò.

«Oh, scusa.» Le ritrassi e mi soffiai un po' di volte sulle dita, sfregandole in fretta. Riprendendo a impastargli i muscoli, chiesi: «Meglio?» Lui squittì una risposta che interpretai come un "sì". Mi feci più vicino. «Rilassati. China la testa.»

Ubbidì, e dopo un minuto sentii le sue spalle abbassarsi. A volte mia madre soffriva di emicranie causate dalla tensione, e mi era capitato spessissimo di vedere mio padre farle massaggi. Usai i pollici sui nodi della spina dorsale e lui emise un gemito basso che mi andò dritto al cazzo. Mordendomi il labbro, mi imposi di mantenere il controllo. Charlie stava soffrendo, non c'era niente di più.

Ma mentre sfregavo e spingevo i nodi nella sua

carne, non potei fare a meno di chiedermi come sarebbe stato toccarlo dovunque. Essere nudi insieme e far scorrere le dita dappertutto.

Mi tirai indietro di scatto, abbassando le mani. Sentivo l'uccello premere contro la cerniera dei jeans ed ero ufficialmente patetico: stavo godendo nell'aiutare qualcuno a sciogliere i muscoli. Quando lui si voltò a guardarmi, però, aveva le labbra socchiuse e gli occhi scuri, e…

Il mio cellulare si illuminò sulla consolle tra di noi, mostrando il sorriso a occhi socchiusi di Candace. Lo fissammo entrambi, poi Charlie serrò la mascella. Stava già aprendo la portiera. «Ti do un po' di privacy,» borbottò.

«Charlie…» Ma lui se n'era già andato, affrettandosi verso il McDonald's. Avrei voluto inseguirlo e dirgli tutta la verità su di lei, ma non le parlavo da giorni. «Ehilà,» risposi.

Sentii il sorriso nella sua voce. «Ehilà lo dice mio nonno! Come stai? Volevo solo controllare che fosse tutto a posto. Si preannuncia un tempaccio di merda, quindi mi raccomando, non continuare a guidare lo stesso. Se non arrivi in tempo, puoi raggiungerci in Vermont. I miei hanno detto che ti pagheranno il biglietto dell'autobus.»

«È tutto a posto, Candace. Siamo in Ohio. Ormai non manca molto.» Anche se quell'accenno al "tempaccio di merda" mi torceva lo stomaco.

«"Siamo"? Perché parli al plurale?»

Merda. Non avevo accennato a Charlie nei messaggi che ci eravamo scambiati, dato che non sapevo come l'avrebbe presa, dopo l'incidente in pizzeria, e non aveva senso turbarla. Non stavamo più insieme, ma era ancora mia amica. «Oh, sì. Ti avrei spiegato tutto di persona. Alla fine sto facendo il viaggio con un nostro vecchio compagno di scuola. Piccolo il mondo, eh?»

Rise. «Che cosa? Davvero? Pazzesco. Chi?»

«Ehm... Charlie Yates.»

Candace rimase in assoluto silenzio per qualche secondo. «Oh. Be'... È... Ehm, vive nella tua stessa via, vero? Come se la passa? E sua sorella? Ho sentito che stava migliorando.»

Era tipico di lei: sempre premurosa con tutti. Inghiottii a fatica mentre un'ondata di affetto mi stringeva la gola. «Sì, è in remissione. Ma le ha promesso di essere a casa per Natale, così ho lasciato che venisse con me.»

«Gentile da parte tua. È... Vi siete visti spesso, lì in California?» Cercava di suonare disinvolta, ma non era mai stato il suo forte.

Dovetti ridacchiare. «No. Ci siamo incontrati per caso all'autonoleggio dell'aeroporto quando io avevo appena preso l'ultima auto. È stata una di quelle strane coincidenze. Devi sapere che si sente malissimo per quello che è successo. Dice che ti deve delle scuse. È stato... Non avrebbe mai dovuto dirti quelle cose. Assolutamente. Ma non è cattivo.»

«Non avrebbe neanche dovuto prenderti a pugni, per la cronaca.» Rimase zitta per un momento. «Immagino che se dici che non è cattivo, posso crederti. So che stava passando un periodo super difficile.»

«Sei davvero fantastica, sai? Mi manchi tantissimo.»

«Anche tu mi manchi, tesoro. Posso ancora chiamarti così?»

«Sempre.»

«Bene. Quando ci vedremo, dovrò chiederti un consiglio per i miei problemi di cuore. Gli appuntamenti al college sono molto complicati.»

«E pensi che *io* possa aiutare? Devi essere disperata.»

«Be', forse è ora che cominci a frequentare qualcuno. Perché mi dicono che uno dei lati positivi di quando il tuo fidanzatino delle superiori si scopre gay è che può darti dritte in fatto di uomini. Quindi mi aspetto che tu dia una ripassata all'argomento, okay?»

Risi. «Sissignora.»

«Charlie esce ancora con quel tizio?»

«No. Si sono lasciati.» Sapevo che avrei dovuto dire di più e cercai di trovare le parole. «È stato… Sono felice di poterlo conoscere di nuovo. Eravamo davvero molto amici quell'estate, prima delle superiori.»

Il silenzio si trascinò. «Oh. Non lo sapevo.»

«Era… complicato. E il modo in cui è finita – in cui *io* l'ho fatta finire – è stato orrido. Perché eravamo più che semplici amici. Non mi ha preso a pugni per nulla, quel giorno in pizzeria.»

«Wow. Immagino che avrei dovuto arrivarci, eh?»

«No. Avrei dovuto essere onesto con te. Molto prima di quando l'ho fatto. Mi dispiace.»

«Tutti quanti commettiamo degli errori.» Sospirò. «Non fingerò che saperlo non faccia male. Ma ormai è andata così, giusto? Non possiamo cambiare il passato. Guida con prudenza, d'accordo? Controlla le previsioni del tempo. E… Be', salutami Charlie.»

«Sei davvero la ragazza più straordinaria del mondo, sai?»

«Potrei stamparlo su una maglietta e indossarla in giro per il campus.»

«È qui che dovrei darti consigli relazionali e dirti di non farlo?»

Il trillo della sua risata mi scaldò nel profondo. «Stai già imparando.»

Ci salutammo, e io corsi dentro in cerca di Charlie. Lo trovai in piedi appena oltre la soglia, che guardava lo schermo di una TV appesa alla parete. Una turbinante nuvola rossa incombeva minacciosa sul Midwest, in lenta avanzata verso la costa orientale. Merda. Il titolo in fondo allo schermo annunciava:

L'APOCALISSE DI NEVE RITORNA

Sentii un tuffo al cuore. «Charlie...»

Ma lui stava già uscendo. Lo seguii mentre avanzava a grandi passi verso il lato opposto dell'enorme parcheggio, che era quasi deserto. Come per dare ragione alle previsioni funeste, cominciarono a cadere dei fiocchi di neve. Indossavamo entrambi i pile, ma nessuno dei due si era ricordato di mettere guanti e cappello. Mi tirai le maniche sulle mani. Non c'era un filo di vento. Sentivo l'odore della neve in avvicinamento – quell'inconfondibile umidità nell'aria – mentre le nuvole di tempesta si raccoglievano a oscurare le stelle.

Charlie si fermò sul ciglio del parcheggio. Un campo innevato si estendeva in lontananza e il brusio dell'autostrada alle nostre spalle era l'unico rumore nella notte. Si strinse le braccia intorno al torso, fronteggiando la campagna.

«Non ce la faremo. Non arriverò per la mattina di Natale. Ava dovrà aprire la calza senza di me. Gliel'avevo promesso, ma non riuscirò a essere lì.» Il suo tono era piatto e privo di vita.

«Magari si sbagliano. Potremmo...»

«Non si sbagliano.» Aveva una calma spettrale. «Hai visto quella perturbazione in TV. Non riusciremmo mai a batterla, anche se potessimo continuare a guidare.»

Aveva ragione: tornare a Norwalk con quella tempesta era praticamente impossibile. «Mi dispiace. Ma Ava starà bene. Era solo un sogno, Charlie. Sta bene. Hai fatto tutto il possibile.»

«Sì. Sono solo...» Si schiarì la gola. «È tutto okay. Hai ragione. Anche tu arriverai tardi in Vermont, presumo. Candace è arrabbiata?»

«Il Vermont non ha importanza.» Coprii la distanza che ci separava e rimasi in piedi dietro di lui. Dopo un respiro profondo, gli posai le mani sulle spalle. «Mi dispiace tantissimo per Natale.»

Lui chinò la testa e desiderai poter premere le labbra sulla sua nuca. «Per favore, smettila.»

Corrugai la fronte. «Che cosa ho fatto?»

Sgusciando fuori dalla mia stretta, Charlie barcollò all'indietro fino al bordo di una banchina di neve indurita creata dal solco di un aratro. «*Questo*!» Mi indicò con un gesto. «Non essere gentile! Rende tutto molto più difficile.»

«Preferiresti che fossi uno stronzo?» A quanto pareva, non ne facevo una giusta.

«Sì!» Il suo fiato formò una nuvola bianca, la voce sempre più alta. «Perché altrimenti voglio baciarti così tanto che, cazzo, è come, come un'influenza intestinale... come se stessi per vomitare, sudo e tremo. E so che non vuoi che ti baci, quindi smettila. Per favore.» Si sfregò le mani sul viso prima di chiuderle a pugno lungo i fianchi, stringendo forte gli occhi. «Per favore, lasciami in pace.»

Il respiro mi uscì in piccoli ansimi brevi che mi rimasero incastrati in gola mentre avanzavo di un passo e gli chiudevo le mani sulle guance. «Chi dice che non voglio che mi baci?»

Lui sgranò gli occhi e, prima di perdere il coraggio, mi chinai e premetti le labbra sulle sue. Non fu la mega collisione della prima volta al laghetto, ma lo baciai con fermezza. Le sue labbra contro le mie erano secche e probabilmente stavo commettendo un grosso sbaglio, ma mentre inclinavo la testa e addolcivo la pressione, non me ne fregava nulla.

Charlie espirò con un brivido e io sfregai il naso contro la sua guancia prima di tirarmi indietro, continuando a stringergli il viso. Aveva dei fiocchi di neve intrappolati nelle ciglia scure e mi fissava con le labbra socchiuse. Raccolsi un fiocco sul polpastrello.

«Ma sei etero,» bisbigliò rauco.

Scossi la testa, strusciandogli il pollice sul labbro inferiore, che adesso era bagnato.

«Hai una ragazza.»

«Ci siamo lasciati dopo il diploma. Ora siamo soltanto amici. Sta frequentando altri a New York. Io... Be', volevo fare coming out a Stanford, ma non ho ancora trovato il coraggio. Lo so: super patetico. Sei il primo ragazzo che abbia mai baciato. Cioè, ovvio che lo sei stato, allora. Ma lo sei di nuovo, adesso. Il primo. E il secondo.»

Fece un cenno di diniego. «Non è possibile.»

Cercò di indietreggiare ancora, ma c'era la banchina di neve, e per un attimo si agitò in cerca di equilibrio mentre gli afferravo le braccia. «So che dev'essere una sorpresa, ma...»

«Una *sorpresa*?» Schiaffeggiò via le mie mani e mi aggirò lentamente per tornare al parcheggio scoperto. La neve ormai stava cadendo più forte, i fiocchi bianchi gli punteggiavano i capelli. «Tutto questo è... Ma che cazzo, Gavin? Volevi fare coming out? Che stai dicendo? Adesso saresti bi?»

«No. Sono gay. Lo sono sempre stato. Ho cercato di non esserlo. Di farmela passare. Ci ho provato così tanto che sono diventato bravissimo a negarlo. Troppo bravo.» Avevo la bocca secca e quelle parole mi stavano strozzando, ma dovevo sputarle fuori. «Mi dispiace. Mi dispiace per quello che ho fatto. Per come ho smesso di parlarti. Avevo paura, ma so che questo non giustifica nulla.»

Scosse di nuovo la testa. «Non capisco.»

«Io... A quella festa, dopo aver ballato con Candace ed essermi lasciato baciare, ho provato a cercarti, ma tu eri già tornato a casa. Ti ho tirato delle pietre alla finestra, ma non sei venuto. Non volevo stare con lei. Volevo te.»

Charlie si strinse le braccia intorno al corpo. «Vi avevo visti insieme. Ero davvero arrabbiato. Geloso.»

«Anche io sarei stato ferito, al posto tuo. La

mattina dopo sono andato a parlare con mio padre. Era in garage, stava aggiustando il tosaerba. Gli ho raccontato quello che era successo. Gli ho detto quanto mi piacevi. Che volevo fossi il mio ragazzo.»

Potevo ancora vederlo con estrema chiarezza: i mucchietti di erba secca sparsi sul cemento macchiato di olio, le cicale che frinivano sempre più forte al di là del garage e l'asfalto del vialetto che un po' si scioglieva sotto i raggi impietosi del sole di tarda estate. Mio padre aveva la fronte imperlata di sudore, e mentre mi fissava gli era colato lungo le tempie.

«*Ragazzino, sei confuso. È normale. Non sei gay. Non è possibile.*»

Le cicatrici frastagliate di quelle parole bruciavano ancora. Finché non le aveva pronunciate, non mi ero reso conto di quanto avessi bisogno di sentirmi dire che tutto andava bene. Che andavo bene *io*.

Charlie aprì e chiuse la bocca. «Ti piacevo davvero?» Aveva la voce bassissima.

«Più di chiunque altro. Morivo dalla voglia di baciarti di nuovo. Ma mio papà continuava a ripetermi che era un errore. Che ero confuso e che quei sentimenti sarebbero spariti. Che il trasloco era stato troppo stressante, ed era logico che mi fossi legato tanto al primo amico che mi ero fatto a Norwalk. Ha detto che non ero gay. Che non potevo esserlo.»

«E tu gli hai creduto?» Era appena un bisbiglio, aveva gli occhi lucidi.

Dovetti sbattere le palpebre a mia volta per scacciare le lacrime. «Era mio padre. Sapeva sempre tutto. Aveva sempre chiaro quale fosse la cosa giusta da fare. Mi sono detto che doveva avere ragione. Per forza. Perché era evidente che non voleva che io fossi gay. Quindi non potevo esserlo. Dovevo smettere.»

Charlie mi guardò con una tenerezza assoluta. «Gavin…»

Dovevo tirare fuori tutto, così proseguii d'un fiato. «Il giorno dopo, a scuola, quando ti ho visto arrivare nell'atrio, ho finto di non notarti. Ti sono passato accanto come se tu non fossi stato lì.» Mi asciugai le guance. «Mi dispiace tantissimo. Darei qualunque cosa per poter tornare indietro e comportarmi in modo diverso. Ma non volevo deluderlo. Mi ha detto di non dirlo a mia mamma e mi sono sentito… Dio, ero così pieno di vergogna e paura.» Guardai i fanali delle auto sull'autostrada, sbattendo le palpebre per cercare di scacciare quelle stupide lacrime.

Mi accorsi che Charlie si era mosso solo quando sentii la sua mano fredda afferrare la mia. «Perché non me l'hai detto?»

Mi costrinsi a incontrare il suo sguardo. «Volevo farlo. Tantissimo. Ma sapevo di non poter essere tuo amico senza desiderare di più. Così ho cercato di fingere che tu non ci fossi. Che Candace fosse tutto ciò che volevo. E so che tu hai incolpato lei, ma è una brava persona. Non è stata colpa sua. In realtà, mi ha incoraggiato lei ad ammettere la verità. Aveva cominciato a sospettare che fossi gay e quest'estate mi ha affrontato. Io stavo già cercando il coraggio di dirglielo e lei l'ha reso molto più semplice.»

Lui annuì, convulso. «Bene.»

«In prima superiore, volevo credere che se non ti avessi più visto, tutto sarebbe sparito. Così sarei potuto tornare normale. Non avrei deluso mio papà e turbato mia mamma. Sono stato un codardo, Charlie.»

Mi strinse le dita così forte che cominciai a perdere sensibilità. «Sei davvero gay?»

Annuii. «Volevo dirlo ai miei prima di partire per il college. Ma mio padre deve già saperlo e mia madre non è stupida. Penso sperino che, se non ne parliamo, la cosa sparisca. Dev'essere una caratteristica dei Bloomberg.»

Per qualche istante, Charlie si limitò a guardarmi, e io cercai di pensare a qualcos'altro da dire per spiegare la mia patetica debolezza. Poi di colpo mi abbracciò fortissimo.

«Va tutto bene, Gav. Andrà tutto bene.»

Mentre nuove lacrime mi bruciavano gli occhi, chinai la testa sulla sua spalla e mi aggrappai a lui.

«Mi dispiace. Mi dispiace così tanto.»

Lui mi accarezzò i capelli, sussurrandomi parole dolci mentre la neve cadeva. Stringerlo tra le braccia fu bellissimo e, quando alzai la testa, le nostre bocche si incontrarono come se non avessero altra scelta. Socchiudemmo le labbra e la lingua di Charlie scivolò contro la mia. Sentii il sapore asprigno della Red Bull, e avrei voluto continuare a baciarlo e ascoltare i suoi piccoli gemiti di gola per giorni e giorni.

Ci prememmo l'uno contro l'altro come avevamo fatto anni prima, ma adesso avevamo muscoli e mascelle ispide, e non mi ero mai sentito tanto *uomo* quanto in quel parcheggio in Ohio. «Ti prego,» sussurrai.

Si tirò indietro, le labbra lucide e gli occhi scuri. «Mi vuoi davvero, Gav?»

Gemetti e spinsi i fianchi contro di lui. «Mi metterei in ginocchio anche adesso.»

Lui mi baciò di nuovo, succhiandomi la lingua. Ci stavamo eccitando entrambi e ci strusciammo l'uno contro l'altro come cani. Lui mi strizzò il sedere. «È così tanto che sogno questo momento. Anche quando ti odiavo, avrei voluto scoparti più di chiunque altro.»

Un *bang* sfiatato echeggiò sul selciato fino al nostro angolo buio e ci separammo con un balzo, i petti ansanti. Guardammo un pick-up uscire dal parcheggio, scoppiettando un'ultima volta prima di scomparire verso l'autostrada. Merda, cazzo, *cazzo*. Con il cuore che martellava espirai, sentendomi invadere dal sollievo.

I nostri sguardi si incrociarono e *ridemmo* e, Dio, ridere davvero di nuovo con Charlie fu caldo e dolce come cioccolata calda. Alzai lo sguardo verso la neve sempre più fitta. «Dovremmo tornare in auto.»

Attraversammo in fretta il parcheggio. Io guardavo a terra per non scivolare su nessuna lastra di ghiaccio e il viso mi faceva male a forza di sorridere, mentre il freddo mi intorpidiva le orecchie.

Ce l'ho fatta. Gliel'ho detto. L'ho fatto davvero. E lui ha davvero ricambiato il mio bacio.

Avevo io le chiavi, così premetti il tasto due volte e mi sedetti al volante mentre Charlie saliva dalla parte del passeggero. Un sottile strato di neve soffice ricopriva il parabrezza e il lunotto posteriore e cominciava a raccogliersi anche sui finestrini laterali. Restammo lì seduti in silenzio per alcuni istanti.

Mi schiarii la gola. «Dovremmo prendere qualcosa da mangiare? Poi immagino che avremo bisogno di un motel.»

«Giusto. A-ha.»

Altro silenzio. Ricordando il problema Natale/Ava, tesi la mano per coprire la sua. «Forse la tempesta non sarà terribile come credono.

Potremmo ancora farcela.»

Charlie serrò gli occhi, travolto da un evidente senso di colpa. «Grazie.» Tornò a riaprirli. «Grazie anche di avermi lasciato venire con te. Non credo di avertelo ancora detto. Avrei dovuto.» Si voltò verso di me, e c'era una tale tenerezza nel suo sguardo. «Grazie infinite.»

Mi sporsi a baciarlo e lui aprì la bocca con un gemito sommesso, cercando di afferrarmi. Volevo essere nudo con lui: avevamo troppi strati addosso e la leva del cambio mi premeva nelle costole. Ma Dio, *stavo baciando Charlie Yates*. Lo spazio ristretto dell'auto si riempì di schiocchi bagnati e non dovetti neanche accendere il riscaldamento.

Quell'estate lontana, Charlie mi aveva attratto da subito: il modo in cui si lanciava a capofitto in tutto ciò che faceva, senza mostrare la minima esitazione. Ma finché non aveva avuto il fegato di baciarmi in riva al laghetto, non ero stato in grado di dare un nome ai miei sentimenti. E non appena li avevo verbalizzati con mio padre, avevo desiderato poterli inghiottire per sempre.

Ma non avevo più intenzione di restare in silenzio.

Mentre il mio gemito riempiva l'abitacolo, Charlie mi sollevò il pile e provò a sbottonarmi i jeans, baciandomi il collo. I soffi umidi del suo respiro mi fecero rabbrividire. «Devo toccarti.»

«A-ha,» concordai, lasciandogli andare le spalle

e indietreggiando quanto bastava per abbassarmi la cerniera. Il mio uccello premeva contro le mutande e ansimai quando Charlie lo tirò fuori con un tocco freddo. Mi accarezzò, e quella frizione mi scatenò scintille nelle dita delle mani e dei piedi e piccoli gemiti sulla lingua.

Charlie ha una mano sul mio uccello.

«L'ho sognato così tante volte,» borbottai, baciandolo senza nessuna grazia.

Senza smettere di masturbarmi, mi osservò pensieroso. «Di stare con un ragazzo?»

«Sì,» ansimai. «Ma nella mia testa eri sempre tu.»

Afferrandomi il viso con la mano sinistra, mi diede un bacio impetuoso. Si sputò nel palmo e mi passò il pollice sulla punta del cazzo, spalmando le gocce lungo l'asta. Io andavo a fuoco, ma volevo toccarlo a mia volta. Armeggiai con i suoi jeans, gemendo deluso quando lasciò andare il mio uccello per aiutarmi a tirare fuori il suo.

Dopodiché riprese ad accarezzarmi e io mi leccai il palmo e lo presi in mano. Non era circonciso e gli abbassai il prepuzio. L'angolazione era un po' strana, ma riuscii a trovare una buona presa e *porca puttana, stavo toccando un pene che non era mio. Ed era quello di Charlie!* Decisi che non me la stavo cavando troppo male, a giudicare da come respirava a fatica.

«Ho sognato anche questo,» borbottò, premendo la fronte contro la mia. «Immaginando la tua faccia, se ti avessi fatto venire.»

Gemetti e lo accarezzai più in fretta, avvampando per il calore che stringevo in mano e sentivo nell'inguine. I miei testicoli pesanti si contrassero. «Charlie...»

«Vuoi venire per me?» ansimò, con sbuffi che si mischiarono ai miei mentre mi accarezzava ancora più rapido. «Così, Gav. Così.»

Venni sulla sua mano, rabbrividendo e stringendogli il cazzo troppo forte, quasi di certo, ma lui non si lamentò mentre cavalcavo le onde dell'orgasmo fino a svuotarmi, la bocca aperta. Chiusi gli occhi e mi appoggiai su di lui, languido a parte la mano con cui gli stringevo ancora l'uccello.

«Così,» ripeté, lasciandomi andare.

Aprii gli occhi e, nel vederlo che si succhiava via il mio sperma dalle dita, temetti di venire di nuovo. Ripresi fiato e mi concentrai sul masturbarlo. «Adesso tocca a te.»

Lui nascose il viso contro il mio collo e succhiò con forza, mentre spingeva i fianchi nella mia stretta. L'auto era troppo buia con lo spesso strato di neve sui finestrini, e non vedevo l'ora di portarlo in una stanza dove avrei potuto ammirare il suo uccello ed esplorarne il prepuzio. Prenderlo in bocca. «Voglio assaggiare il tuo sperma,» sussurrai.

Charlie spinse più forte, grugnendo e scopandomi la mano. «Sì. Oh cazzo.»

«Voglio fare tutto con te.»

Venne con un grido acuto, imbrattandomi meravigliosamente le dita e mordendomi piano il collo. Mi si accasciò addosso e io sfilai la mano dai nostri corpi. Esitante, mi leccai la pelle. Il suo sperma aveva un sapore salato e muschiato e lo assaggiai di nuovo.

«Ne ho ancora un bel po', se vuoi,» disse lui, alzando la testa con un sogghigno.

Ci baciammo, un bacio che sapeva di sesso. Le poche volte che l'avevo fatto con Candace ci eravamo puliti in fretta, ma immaginai che con Charlie avrei potuto crogiolarmi nel sudore e negli umori per giorni interi, amando ogni singolo istante. «Sbaglio, o prima hai paragonato la voglia di baciarmi all'influenza intestinale?»

La sua risata riempì l'abitacolo. «Immagino di sì. Ehm, scusa?»

Assunsi un'espressione solenne. «Anche a me fai venir voglia di vomitare e cagarmi addosso.»

Premendosi una mano sul petto, Charlie scosse la testa. «È la cosa più romantica che mi abbiano mai detto.»

Ridevamo così tanto che riuscivamo a stento a baciarci, ma trovammo un modo.

Capitolo sei

Charlie

IL MOTEL SI trovava di fronte a uno di quei centri commerciali con farmacie che vendono generi alimentari e, dopo esserci presi una stanza, Gavin si offrì di andare a fare scorta di provviste. Eravamo passati al drive-in, dove ci eravamo abbuffati di Big Mac e patatine, ed ero piacevolmente sazio di cibo e sesso.

Stavo anche sogghignando da solo come un matto. Mi slacciai le scarpe da ginnastica fradice e le lasciai sulla porta, assicurandomi di scuotere quanta più neve possibile dal pile prima di stenderlo su una delle due sedie vicine al tavolino di fronte alla finestra.

C'erano due letti singoli e il mio cuore sobbalzò, saltellò e corse dappertutto al pensiero di infilarmi in uno dei due insieme a Gavin. Certo, i dubbi avevano già cominciato a galopparmi nella mente. E se avesse cambiato idea mentre stava dall'altra parte della strada? Avrebbe voluto davvero fare sesso con me? Pensava davvero tutte le cose che mi aveva detto?

«Basta!» La mia voce risuonò brusca nella stanza vuota. «Smettila di farti tanti problemi.»

Pulii le rotelle della mia valigia rosa con un po' di carta igienica e la issai sul letto più vicino. Le mani mi tremavano, mentre portavo in bagno la roba per lavarmi e chiudevo la porta. Magari avrei fatto una doccia veloce per schiarirmi le idee. Lavarmi via di dosso il puzzo della strada.

Il mio telefono vibrò mentre stavo uscendo dalla vasca da bagno e mi strofinavo la pelle bagnata con un asciugamano scadente. «Ciao, mamma. Stavo proprio per chiamarti.»

«Dove sei, tesoro? C'è un'altra tempesta in arrivo e penso davvero che dovreste fermarvi per la notte.»

«Sì. Abbiamo preso una stanza in un motel fuori Sandusky.» Odiavo doverlo dire ad alta voce, ma era inevitabile. «Non arriverò in tempo. Mi dispiace. Lei ci è rimasta male?»

Mamma fece uno dei suoi sospiri esasperati. «Tesoro, non hai alcun motivo di chiedere scusa. Se c'è una verità su cui possiamo contare, è che non c'è proprio nulla da fare riguardo al tempo. Ava lo capisce. Ha deciso di rimandare il Natale a dopo il tuo ritorno, quindi fate pure con calma. Ci sono incidenti dappertutto e non vale la pena correre rischi.»

«Rimandare il Natale?» Il cuore mi si strinse. «Che cosa intendi?»

«Niente regali o tacchino finché non arrivi. Faremo finta che il ventisei sia il venticinque. Tutto qui.»

«Non voglio che debba aspettare per i regali.»

«È una sua scelta, punto e basta. Hai abbastanza soldi? Sta andando tutto bene? A parte questo tempo del cazzo.» Si schiarì la voce. «Del cavolo, dovrei dire.»

Risi. «Potrei dovervi chiedere qualcosa in prestito per ripagare la carta di credito, ma potrò restituirvelo l'anno prossimo quando avrò fatto qualche turno in biblioteca.»

«Di quello non preoccuparti. Paghiamo noi il viaggio.»

«Ma…»

«Niente ma. Fine della discussione. Ce la stiamo cavando bene. Non voglio che ti preoccupi dei soldi. Hai già abbastanza cose per la testa.»

«Io… D'accordo. Grazie.»

«E Gavin è a posto con i soldi? Ho sentito dalla signora Papadakis che i suoi sono giù al sud, quindi se ha bisogno possiamo aiutare.»

Mostrati disinvolto. Normale. «Gavin è a posto. Alla grande. Va tutto bene!» Feci una smorfia al mio tono affrettato e troppo entusiasta. Uff.

Mamma rimase in silenzio per un istante.

«Cosa succede con Gavin?»

Trattenni un gemito. «Niente, mamma. Ava è lì? Voglio salutarla.»

«Tra un attimo. Charlie, che cosa non mi stai dicendo?»

Non era che non volessi dirglielo – mi aveva dato consigli fantastici quando uscivo con Tim – ma stavo ancora metabolizzando tutto. Non era passata neanche un'ora. Cercare di ignorare mia mamma era inutile, però. «Non è nulla di male. È venuto fuori che è gay pure lui.»

«Oh! Quindi siete…?»

«Forse. Immagino. Non so cosa succederà.» Le domande mi vorticavano nella mente. *È solo un'avventura da vacanze? I suoi genitori daranno di matto? Quanto ci vuole per arrivare a Stanford dalla città?* «Non voglio correre troppo.»

«Giusto. Capisco. Ma conosci le regole, no?»

«Sì, sì. Non preoccuparti.» Mmh. In realtà non avevo messo i preservativi in valigia, dato che pensavo di trascorrere tutto il tempo a casa con Ava e i miei. Fortuna che la farmacia era dall'altra parte della strada.

«Mi preoccupo sempre, Charlie. È il mio lavoro. Un attimo.» Rivolta a qualcun altro, disse: «Sì. Ecco.»

La vocina di Ava mi riempì l'orecchio. «Ciao, Charlie. Stai bene?»

«Sì, Orsetta. Sto bene.» Mi bruciavano gli

occhi. Cazzo, quanto mi mancava. «Sono bloccato in mezzo a questa neve, però. Ma non voglio che aspetti me per aprire tutti i regali. Dovresti festeggiare il Natale nel giorno giusto.»

«No, voglio aspettare. Non sarebbe lo stesso. Non ho mai avuto un Natale senza di te. Saranno solo uno o due giorni in più. Ho già aspettato così tanto. Sono brava ad aspettare.»

A quel pensiero rischiai di mettermi a balbettare idiozie, ma riuscii a trattenermi. «Lo so. Non pensi che a Babbo Natale seccherà dover fare due giri?»

Abbassò la voce. «Sono sicura di no, dato che in realtà sono la mamma e il papà.»

«Un attimo, come? Che assurdità.» Aveva otto anni, ormai, ma sapere che non credeva più a Babbo Natale mi fece male lo stesso.

«Andare in tutte le case in una sola notte non sembra molto possibile. In più, noi non abbiamo un camino e chiudiamo a chiave le porte. Va tutto bene, Charlie. Amo comunque il Natale.»

Mi si strinse la gola. «Anche io, Orsetta. Sarà fantastico. Cercherò di arrivare il prima possibile.» Odiavo perdermi il giorno di Natale, ma mi resi conto che il terrore lasciato dall'incubo era finalmente evaporato. Adesso che la sentivo parlare, sapevo che Ava era al sicuro.

«Lo so. Non vedo l'ora di vederti. Ma le cose sono ancora più belle quando devi aspettarle. Oh, e indovina? Oggi mamma mi ha lasciato andare a pattinare con Whitney e Nisha. È stato così divertente! Non crederai mai a quello che ha fatto Nisha.»

Mentre Ava continuava a cianciare, riflettei colpito su quanto fosse incredibile che la mia sorellina stesse diventando quella piccola persona, con idee e pensieri propri. C'erano stati momenti in cui avevo creduto che non sarebbe arrivata a compiere otto anni, e sperai con tutto me stesso che la remissione sarebbe durata. Era difficile respirare sotto quell'ondata di puro affetto.

«Sembra che sia stata una bella giornata, Orsetta. Avrei voluto esserci.» Ero riuscito a mantenere la voce ferma, o così credevo.

«Non piangere, Charlie. Quando torni, vengo a pattinare anche con te. Promesso.»

«Sì? Okay. Affare fatto. Di' a mamma che la chiamo domattina. Ti voglio bene, Orsetta. Mi fai un ringhio?»

Lei ruggì nel telefono e io feci lo stesso. Dopo aver riattaccato, sentii un colpo brusco alla porta.

«Charlie? Tutto okay?»

Ridendo, la aprii. «Sto bene. Era una cosa tra me e Ava. Ci scrolliamo e ruggiamo anche. Lo so, siamo stranissimi.» Corrugai la fronte. «Gavin?»

Mi stava fissando e improvvisamente ricordai che ero nudo. Si leccò le labbra e, attraversato dal desiderio, mi feci scivolare con spudoratezza una mano lungo il petto in direzione del sesso. Prima di riuscire a inventarmi qualche battuta da porno, notai le luci colorate alle sue spalle. «Un attimo, quello cos'è?»

Con un piccolo sorriso, Gavin si fece da parte. «Ho pensato che, dato che non arriverai a casa in tempo, potevi avere un mini-Natale qui.»

Entrai nella stanza, osservando i fili di lucine colorate che aveva appeso alla meglio sull'ampia cassettiera, facendoli passare sul piano della TV. Le testiere dei letti erano decorate allo stesso modo. La plafoniera era spenta e la stanza risplendeva di colori. Sul tavolo guizzava una candela azzurra. «Hanukkah comincia stasera?» chiesi.

«Sì. Non ho trovato menorah, ma ho pensato che la candela fosse meglio che niente.»

Fissai un altro po' la camera. «È…»

«Patetico, lo so. Posso togliere tutto.»

Afferrandogli il braccio, scossi la testa. «Non azzardarti. È perfetto.» Lo strinsi a me, e avrebbe dovuto risultare strano, dato che io ero nudo e lui indossava jeans e felpa, ma non lo fu affatto. Chiusi gli occhi e inspirai il suo odore, tutto neve e abiti freschi e un po' di sudore, e d'accordo, doveva spogliarsi anche lui.

Cominciai a strattonargli gli abiti e abbassare le cerniere, e lui si spogliò in un batter d'occhio. Cristo, era bellissimo. Spalle larghe e fianchi snelli, gambe lunghe e muscoli slanciati, e un uccello curvo e circonciso che spuntava dal cespuglio di peli scuri. Aveva già il respiro accelerato e il suo sguardo mi squadrò dalla testa ai piedi. Aprii la bocca per chiedergli cosa volesse, ma lui si lasciò cadere in ginocchio.

Porca puttana, a quella vista mi tremarono le gambe. Le luci di Natale splendevano di rosa, giallo, rosso, azzurro e verde, colorandogli la pelle e rendendo ancora più intense le sfumature ramate dei suoi capelli. Vi feci scorrere le dita mentre lui mi fissava dal basso con gli occhi grandi e le labbra socchiuse. Spingendosi contro il mio tocco, mi passò le mani sulle cosce. Avevo il cazzo già duro.

Esitando, lui vi strusciò contro il naso, ed ero così eccitato che non mi sarei stupito se la punta avesse sprizzato scintille. Si leccò le labbra, sempre guardandomi, e dovetti sforzarmi per non spingere i fianchi in avanti e infilarglielo tutto in bocca. Il suo fiato mi sfiorò l'uccello. Finalmente interruppe il contatto visivo, chiudendo una mano intorno alla base e succhiando la punta.

«Cazzo!» La mia voce mi sembrò troppo forte nel silenzio della stanza.

All'istante, Gavin si tirò indietro e si accucciò sui talloni con gli occhi sgranati. «L'ho fatto male?»

«Oddio, no. Non fermarti.» Lo incoraggiai a riavvicinare la testa, sentendo la mia pazienza sgretolarsi sotto la forza di quell'erezione furiosa. «Ti prego.»

Con un piccolo sorriso e un apparente slancio di sicurezza, Gavin non solo continuò, ma passò al livello successivo, spalancando la bocca e risucchiandomi il più a fondo possibile. Fortuna che potei appoggiarmi alla parete accanto alla porta del bagno, perché avrei rischiato di cadere quando tese le labbra intorno al mio sesso, dilatando le narici. La saliva gli colò dalla bocca e lui leccò e succhiò, muovendosi avanti e indietro.

Io stavo gemendo e mormorando – «Oh, oh cazzo, oddio, fantastico, sì, così» – e Gavin sembrava apprezzare, perché più diventavo rumoroso, più succhiava forte. Mi sentivo i testicoli pesantissimi ed ero quasi sicuro che tutto il sangue del mio corpo stesse precipitando verso l'inguine. Ansimai, la testa che girava, mentre lui mi piantava le dita nei fianchi e prendeva il mio sesso così a fondo da cominciare a strozzarsi.

La mano mi tremava, ma riuscii a passargliela sulla testa. «Non troppo. È tutto okay. Stai andando alla grande. Hai una bocca fantastica.»

Si tirò indietro, tossendo, e il mio uccello bagnato gli schiaffeggiò il mento. Respirava a fatica e mi guardava dal basso, avrei voluto strattonarlo in piedi per baciarlo. Lui però tornò al lavoro su di me, caldo e stretto e *oh mio Dio*. Chiuse gli occhi e mi inghiottì come se stesse morendo di fame, con un gemito basso e di gola.

Non importava che non avesse le tecniche

raffinate di un paio dei ragazzi con cui ero stato: Dio, era mille volte meglio. Era *Gavin*. Gavin stava facendo quello per me, e in tutta la mia vita non avevo mai vissuto nulla di tanto incredibile.

La parete era dura contro le mie scapole e la moquette sorprendentemente soffice. Vi affondai le dita dei piedi, stringendole a pugno come suggerivano di fare in *Die Hard*. Ansimando e gemendo gli accarezzai la testa, con le cosce che tremavano. Avrei voluto che non finisse mai, ma non riuscii a resistere.

I testicoli mi si contrassero. «Ci sono quasi.» Lo esortai a farsi indietro, in caso non volesse inghiottire, e lui mi fissò con occhi appannati. Mi masturbai con forza e gli venni sul viso e sul collo, e fu meglio di quanto avessi mai immaginato. Il bianco gli schizzò la pelle, caldo nel bagliore delle luci colorate.

Gemetti, spremendomi e sussultando a ogni goccia, guardando il mio seme colare a marchiarlo. Ne aveva un filo sul labbro inferiore e sul mento, e la sua lingua rosa uscì a leccarlo, fulminea. «Cazzo, Gavin,» borbottai, sfiorandogli la guancia con le dita.

Lo tirai in piedi e gli affondai la lingua in bocca. Lui mi premette contro il muro, chinandosi a baciarmi mentre si strusciava contro la mia anca. Ce l'aveva duro come una pietra e avrei voluto offrirmi di succhiarglielo, ma mi sembrava di non poter fare altro che leccarlo nella bocca, gemendo al retrogusto del mio sapore. Avevo il sesso sensibile e quando lui mi si spingeva contro faceva male, ma non me ne fregava niente. Cercai di agganciargli una gamba sul fianco, ma era troppo alto e mi limitai a stringerlo tra le braccia.

«Forza. Sì, così,» borbottai, mentre mi si strusciava addosso come se fosse in calore.

Mi premette il viso contro il collo, ansimando fiato bagnato, poi rabbrividì e venne caldo e appiccicaticcio, l'uccello intrappolato tra i nostri corpi. Restammo lì, accasciati, e gli massaggiai la schiena, facendogli scorrere le dita lungo la spina dorsale. Il sudore gli inumidiva i capelli sulla nuca.

Mi baciò la cicatrice della varicella dietro l'orecchio, provocandomi un altro brivido di desiderio. «È da quell'estate al laghetto che volevo farlo,» sussurrò. «Succhiare un cazzo.»

Strusciandogli il naso contro la spalla, dissi: «Ti viene naturale.»

A quel punto alzò la testa, lo sguardo intenso. «Volevo succhiare il *tuo*, Charlie.»

Gli presi il volto tra le mani e lo baciai di nuovo, cercando di non pensare a quanto diverse sarebbero state le superiori. Tutte le cose che avremmo potuto fare. Non solo il sesso, ma... tutto.

Facemmo una lunga doccia insieme, baciandoci e toccandoci senza dire molto. Quando ci fummo asciugati e distesi sul letto più vicino al bagno, le coperte spinte ai nostri piedi, Gavin rotolò sul fianco e si sorresse la testa con la mano.

«Ava c'è rimasta male per Natale?»

«In realtà la sta prendendo molto bene. Dice che rimanderemo tutto al mio arrivo. Regali, tacchino… tutto quanto. Sono strafortunato ad avere lei come sorella. A otto anni, è più matura di quanto io sarò mai.»

Gavin mi fece scorrere il palmo sul petto, giocherellando con i peli e cullandomi in un piacere pigro come miele. «Non riesco a immaginare quello che ha passato.»

«Sì. È stata dura.» *Dura* non cominciava neanche a descriverla, ma se avessi detto di più mi sarei agitato. Invece, rotolai sul fianco per girarmi verso di lui. Le luci colorate danzavano sulla sua pelle e mi sembrava ancora impossibile che quella fosse la vita reale. Gli passai le dita sulle labbra e lo baciai. «Ciao.»

«Ciao,» borbottò, insinuando una coscia muscolosa tra le mie. Cercai di pensare a qualcosa di intelligente o spiritoso da dire, ma poi Gavin chiese: «Vuoi scoparmi?» Sembrò trattenere il fiato mentre le parole gli sfuggivano dalle labbra.

I miei testicoli si contrassero solo al pensiero. «È una domanda trabocchetto?»

Rise, le guance soffuse di rossore. «Temevo che non avresti voluto. Cioè, non sarò un granché. Di certo sei abituato a…»

Inarcai un sopracciglio. «Non credo di essere esperto quanto sembri pensare.»

Corrugò la fronte. «Ma avevi quel ragazzo. E al college stai rimorchiando, no?»

«Certo, ma tutto questo non conta.» Lo spinsi gentilmente sulla schiena e mi misi a cavalcioni dei suoi fianchi, con le mani sul suo petto per potergli accarezzare i capezzoli e vederlo ansimare. Ora che ne avevo la possibilità, l'urgenza di *toccare, toccare, toccare* era irresistibile. Cioè, ero in una *stanza di motel* con *Gavin*, e stavamo facendo sesso. Sesso di ogni tipo. Erano mille fantasie appiccicose che prendevano vita, il miglior regalo di Natale del mondo.

Il rimorso per non essere riuscito a tornare in tempo da Ava mi trapassò come un proiettile, ma decisi che *non* fare sesso mentre ero bloccato dalla neve non avrebbe cambiato nulla.

«Be', possiamo dire che l'hai fatto più di me.» Gavin mi fece scorrere le mani lungo le cosce e il mio corpo fu percorso dalle scintille.

«Possiamo anche dire che questo è il miglior sesso che abbia mai fatto.»

Congiunse le sopracciglia. «Ma…»

Sporgendomi verso di lui, gli premetti un bacio lento sulla bocca. «Perché sei tu, Gavin. Con te è diverso.»

«Dio, Charlie. Ti voglio così tanto. Tutto

questo tempo… Mi dispiace che…»

Lo baciai e mi tirai su a sedere. «Non importa. Adesso siamo qui. Conta solo questo. Sicuro di voler andare fino in fondo? Può essere doloroso. Soprattutto all'inizio.»

«Tu l'hai già fatto? Stare sotto, intendo.»

«A-ha. A volte mi è piaciuto. Se vuoi fare tu l'attivo, possiamo.» Al pensiero di Gavin dentro di me, un brivido mi sfrecciò lungo la spina dorsale.

«Io…» Si morse il labbro. «Mi piacerebbe. Voglio fare tutto con te. Ma potresti farlo tu a me, prima? È la mia…» Deglutì a fatica.

Il mio respiro accelerò. «La tua cosa?» Muovendo i fianchi contro i suoi, mi sporsi di nuovo in avanti e gli leccai i capezzoli per poi salire verso il collo. «Dimmelo.»

Rabbrividì. «È la mia più grande fantasia. Essere… essere scopato.» Arrossì. «È strano?»

«Se per strano intendi così erotico che potrei venirti addosso al solo pensiero, allora sì.» Lo baciai, e le nostre lingue scivolarono l'una sull'altra finché non ansimammo entrambi. «Vuoi il mio cazzo dentro di te?»

«Sì, sì, sì. Fallo, Charlie. Ho preso qualcosa in farmacia. Nel sacchetto sul tavolo.»

Gemetti mentre mi tiravo indietro. «Non muoverti.»

Quando tornai a voltarmi verso il letto, Gavin mi stava aspettando dove l'avevo lasciato, accarezzandosi piano l'uccello curvato verso lo stomaco. Le luci lo avvolgevano di bagliori soffusi, e se non avessi avuto una regola ferrea contro i nudi – perché quando quella roba è nel cloud non se ne va mai più – sarei stato felice di scattargli un centinaio di foto.

Ero anche piuttosto impaziente di scoparlo, però, così gattonai sul materasso. «Sei sempre sicuro? Farà male.» *Ti prego di' di sì. Ti prego di' di sì.*

«Sì. Forse non farà troppo male, in realtà. Ho...» Stava di nuovo arrossendo e aveva lo sguardo sfuggente. «Ho fatto... Sai.»

Mi accucciai accanto a lui e aprii con uno strappo la bustina di lubrificante. «Se vuoi che capisca, devi dirmi qualcosa di più.»

Con uno sbuffo imbarazzato, Gavin confessò: «Ho comprato un dildo.»

Le immagini mentali esplosero nella mia corteccia cerebrale e rimasi senza parole, il cuore impazzito.

Lui girò la testa. «Lo so. Patetico, vero?»

«Non credo che quella parola abbia il significato che pensi. Perché è incredibilmente erotico.»

Tornando a guardarmi, Gavin si morse il labbro. «Davvero?»

Avevo la gola secca. «Che genere di dildo?»

Un sorriso incerto gli sollevò gli angoli delle labbra, quasi non riuscisse a capire se stavo scherzando. «Di gomma.»

«Quanti centimetri?»

«Quindici.»

Il lubrificante mi stava colando sulle dita e spinsi leggermente il ginocchio contro il suo. «Allarga le gambe.» Con un sospiro tremante ubbidì e io mi infilai nel mezzo, tenendo sollevate le dita appiccicaticce. «Alza un po' il sedere.» Gavin fece come gli avevo detto e abbassò le mani ad allargarsi le natiche. Porca miseria, temetti di venire all'istante. La fiducia nei suoi occhi mentre si apriva per me mi fece pulsare il cazzo e sbocciare qualcosa di caldo nel petto. Feci scorrere l'indice scivoloso nel suo solco e lui trattenne il fiato.

«Charlie,» bisbigliò.

Titillai il bordo della sua apertura. «Dove l'hai comprato?»

«Eh?»

«Il dildo.»

«Un sexy shop nel Castro. Ci ho messo un mese per trovare il coraggio di entrare.»

Avevo l'istinto simultaneo di coccolarlo e scoparlo fino a fargli perdere la testa. «Come lo fai?» Lo penetrai appena con il dito. «Come lo usi?»

«Io…» Corrugò la fronte.

«Voglio dire, ti metti carponi? O sdraiato così?» Spinsi il dito più a fondo.

Ansimò. «Charlie, ti prego. Dammi di più.»

«Puoi prenderlo, eh?» Controllai che il medio

fosse ben lubrificato prima di spingerglielo dentro. «Ti piace?»

«Oh, sì.» Gli tremavano le mani mentre si teneva aperto. «Tantissimo. Io…» Fece un respiro profondo e poi le parole si riversarono fuori. «Mi scopo così, e in tutti i modi che mi vengono in mente. È fantastico.»

Continuai a lavorarlo con le dita, dentro e fuori. «Un giorno voglio guardarti mentre ti scopi, facendomi una sega.» Quasi arrossii alle mie stesse parole. Di solito non parlavo molto durante il sesso, ma a quanto pareva Gavin mi ispirava. Era pericoloso parlare del futuro, ma le parole continuavano a uscire. «Ti scoperò la bocca mentre sarai strapieno di quel dildo, e verrai così forte da svenire.»

«Sì! Ti prego, Charlie.» Contrasse i muscoli intorno alle mie dita. «Ti voglio adesso. Voglio di più.»

L'uccello mi faceva già male, e quando ritrassi le dita per infilarmi il preservativo dovetti respirare a fondo un paio di volte e pensare alle equazioni di matematica. Di colpo ebbi un'idea. «Tirati su. Fa' sdraiare me.» Gavin si alzò con un balzo, e ridemmo entrambi mentre mi stendevo sul letto e lo tiravo per i fianchi fino a farmelo sedere sopra a cavalcioni. «Così puoi controllare meglio i movimenti. E io posso guardarti.»

Con il petto che si alzava e abbassava in fretta,

Gavin annuì convulso e tese la mano dietro di sé in cerca del mio sesso. «Va benissimo.» Si alzò sulle ginocchia e poi tornò ad abbassarsi, la punta del mio cazzo premuta contro l'apertura. Gemette.

«Lo usi così, il dildo? Ti ci siedi sopra?» Il pensiero di Gavin che si scopava nel suo dormitorio mi fece avvampare.

«A-ha.» Fletté le cosce mentre si spingeva giù. «Ma con te è mille volte meglio. Oh, Charlie.» Con una smorfia sprofondò un po' più in basso, ed entrambi gememmo mentre il mio sesso gli entrava dentro, centimetro dopo centimetro. Lui sudava, abbassandosi e dilatando l'anello di muscoli per accogliermi.

Sembrava fuoco, il fuoco più fantastico del mondo, e Gavin era così stretto che gli occhi mi si rovesciarono all'indietro. Contrassi le dita dei piedi e mi sforzai di recuperare il controllo. Non sarei esploso dopo neanche un minuto per la sua prima volta. E porca puttana, sapere che il mio cazzo era il primo a essere mai entrato nel suo corpo mi faceva girare la testa per l'euforia. In passato, avevo fatto sesso per godere e divertirmi, ma quello era molto di più.

«Charlie.» Gavin si alzò di qualche centimetro e si lasciò ricadere. «Dio, è... è così grosso.»

Non era del tutto vero: il mio sesso era lungo poco più di quindici centimetri, ma era spesso. Alzai i fianchi, senza troppa forza, e mi spinsi dentro di lui. «Sei così stretto. Cristo, Gavin.» Gli occhi lampeggianti, lui gemette e cominciò a scoparsi sul serio. Gli accarezzai le cosce. «Così.»

Ansimavamo entrambi, e guardare Gavin che mi cavalcava era così squisitamente bello che avrei potuto farlo per ore, se fossi riuscito a rimandare l'orgasmo abbastanza a lungo. Aveva la bocca aperta e la testa rovesciata all'indietro mentre si alzava e abbassava, prendendomi a fondo. Avrei voluto leccare la lunga linea della sua gola, ma mi accontentai di toccargli il petto e tutto ciò che potevo raggiungere a parte il cazzo, che rimbalzava a ogni suo movimento.

Urlò: «Oh!» Sollevando la testa di scatto si piegò su di me, le mani sulle mie spalle. «Dio, è…» Ansimò, dimenandosi sul mio uccello.

«Ecco. Hai trovato il punto giusto? Così, Gav. Andiamo.»

Mi fissò, sbuffando contro il mio viso mentre si scopava. «Non ci credo che lo stiamo facendo.»

«Neanche io.»

Ridemmo, e Gavin mi baciò disordinatamente, uno scontro di denti e lingue. Ormai grugniva, scopandosi con più vigore di quanto avrei osato fare io per la sua prima volta. La fronte gli luccicava di sudore e pensai che con l'orgasmo il mio cazzo sarebbe esploso. Il piacere si irradiò dal mio inguine, le fiamme mi lambirono il corpo. Non mancava molto, ormai, ma Gavin doveva finire per primo.

Gli afferrai il cazzo sgocciolante e lo accarezzai brutale, spalmando il liquido tutt'intorno e massaggiandolo con forza. «Guardami.»

Gavin ubbidì, il suo sguardo appannato scattò verso il mio, le sue labbra socchiuse continuarono a lasciarsi sfuggire gemiti e grugniti. «Charlie,» mugolò.

«Voglio vederti venire.»

Annuì. «Quasi. Charlie, è… ci sono… ti prego…»

Tendendosi e ansimando, mi cavalcò mentre lo accarezzavo, e il battito del cuore mi martellò nelle orecchie mentre faceva uno scatto e veniva, schizzandomi dappertutto. Si contrasse attorno a me, era così stretto. Mi spinsi in lui fino a lasciarmi andare e chiusi gli occhi, urlando. Il dolce bruciore mi percorse in ondate prima di sbiadire.

Ansimando, Gavin collassò su di me, il respiro caldo sul mio collo. Eravamo un disastro, sudati e appiccicaticci, e non avrei mai, mai voluto che quel momento finisse.

Capitolo sette

Gavin

24 dicembre

H O FATTO SESSO *con un ragazzo.*

Non un ragazzo qualsiasi, ovvio. Avevamo trascorso le ultime ore a sonnecchiare, e adesso era mezzanotte passata. Io ero steso sulla schiena e, prono accanto a me, la gamba agganciata alla mia, Charlie dormiva con le labbra socchiuse, la guancia schiacciata sul cuscino stretto tra le braccia. Il punto di contatto tra le nostre gambe era sudato, ma non avevo intenzione di muovermi. Fuori discussione.

Avevamo tirato su le coperte, e grazie al bagliore tenue e colorato delle luci di Natale sembrava di stare in una piccola oasi accogliente.

La mia candela di Hanukkah brillava fioca sul tavolo, quasi del tutto sciolta nell'economico portacandele di vetro. A casa, avremmo acceso la *shamash* al centro della menorah, e la prima candela sulla destra. Non andavamo mai in sinagoga, ma seguivamo ancora alcune tradizioni, seppur non troppo seriamente.

Ridacchiai al ricordo di mia madre che brontolava durante lo Yom Kippur.

«Non possiamo fare ammenda e bere lo stesso il caffè? Gli antichi ebrei non dovevano sorbirsi una presentazione delle risorse umane senza caffeina. E i donut erano proprio lì davanti! Era una crudeltà. Non penso di aver offeso il grande capo prendendo un Boston cream. È stata un'altra cosa per cui fare ammenda.»

«Che c'è?» borbottò Charlie.

«Niente. Sto solo pensando.»

Sbatté le palpebre assonnato. «A cosa?»

«Un sacco di roba.» Gli passai la mano sul braccio. «Sai, avrei sempre voluto avere un albero di Natale. Adoro le lucine e tutto.»

«Sarà che sono un pagano, ma non vedo perché non dovresti averlo. La Bibbia non parla mica di Babbo Natale, renne e stronzate varie. Non tutti la considerano una festa religiosa. Babbo Natale è aconfessionale.»

Ridacchiai. «Vero.» Stavo per dire che l'anno seguente avremmo potuto avere una menorah e un albero, ma per fortuna mi fermai in tempo. Perché, cazzo, era folle pensare all'anno successivo quasi fossimo una *coppia* e avessimo la prospettiva di vivere insieme. Stavo decisamente correndo troppo. In fondo, avevo appena fatto sesso gay per la prima volta.

Wow. Mi colpì di nuovo: avevo davvero fatto sesso con un ragazzo.

Charlie strofinò la gamba sulla mia. «Dimmelo.»

«È come se…» Mi interruppi. Era troppo stupido per dirlo ad alta voce. Ma lui rimase ad aspettare, guardandomi paziente, così sputai il rospo. «È come se avessi perso la verginità e dovessi ricevere qualche riconoscimento ufficiale del fatto che sono gay. Tipo una tessera del club o che altro.»

«La troverai nella buca delle lettere. Potrebbero volerci un altro paio di giorni, però, per via delle vacanze.»

Annuii. «Oh, buono a sapersi. È plastificata e tutto?»

«Sì. Ti servirà per entrare nei locali e roba simile. Vedi di non perderla. L'Associazione Americana dei Queer odia rifare le tessere. Ti faranno pagare una penale.»

«Mi sembra giusto.»

Sorridemmo e Charlie, sempre disteso sullo stomaco, mi sfregò il palmo sul petto. «Ma non eri vergine, giusto?»

«No. Con Candace, io… L'abbiamo fatto solo un paio di volte. Abbiamo aspettato un sacco di tempo e a me andava benissimo, ovvio. Ho lasciato tutto in mano a lei. Ma ero vergine come gay, immagino, il che non ha neanche senso.»

«Certo che ce l'ha.» Mi tirò piano i peli del petto. «Perché non hai mai rimorchiato nessuno a San Francisco? Cavolo, quando sei andato al Castro per comprare quel dildo avresti potuto trovare decine di ragazzi pronti a darti quello che volevi.»

Non volevo decine di ragazzi. Solo te.

«Ero nervoso. Con Candace non ero intimidito. La conoscevo così bene, ed è stato imbarazzante e un po' strano, ma non mi ha spaventato. Andare con un perfetto sconosciuto era… Non ero pronto, credo. Avevo paura di sbagliare tutto. Così ho comprato il giocattolo e mi sono detto che avrei fatto pratica.»

«Ed è evidente che la pratica rende perfetti.» Mi strizzò un capezzolo, provocandomi un'ondata di piacere.

«Sì?» Sapevo di stare arrossendo. «Ehm, grazie. Vale anche per te.» Anche se non volevo pensare a tutti i ragazzi con cui aveva fatto pratica. Era assolutamente ingiusto, ma la gelosia mi sobbolliva nello stomaco. «Ogni tanto andavo a fare una passeggiata al Castro e mi chiedevo se ti avrei visto.» Sbuffai, ironico. «Come se tutti i gay di San Francisco girassero sempre in quel quartiere, no?»

Charlie mi guardò con attenzione, la mano immobile, posata sul mio sterno. «Ma mi odiavi.»

«Be', sì, ma in realtà no. Ero arrabbiato con te per l'incidente in pizzeria. Era… Diventava tutto più semplice se mi permettevo di fingere che tu fossi uno stronzo e che io non avessi alcuna colpa. Ma era sempre a te che pensavo quando mi masturbavo. Dio, ti volevo comunque.»

Sembrò rifletterci, mentre mi tracciava piccoli cerchi sulla pelle con il pollice. «Davvero?»

«Mi sono sforzato così tanto di smettere. Quando la signora Papadakis in fondo alla strada mi ha detto che andavi a San Francisco pure tu, non potevo crederci. Non sapevo cosa pensare. Ce l'avevo con te, ma dopo quello che avevo fatto in prima superiore…» Avevo la gola secca. «Mi dispiace così tanto.»

«Lo so. È stato uno schifo, ma adesso è finita. Chi può dire cosa sarebbe successo se mi avessi aspettato, quel primo giorno di scuola. Forse ci saremmo messi insieme per poi mollarci entro Halloween.»

Ripensai a quel giorno, a come mi ero fatto la doccia e vestito in fretta per poter percorrere da solo il chilometro che mi separava da scuola. «Volevi ancora uscire con me, anche dopo la festa? Quando ti ho tirato le pietre alla finestra, quella notte, non hai risposto.»

Sospirando, chiuse gli occhi. «Martedì avevo già deciso che andava bene. Se eri etero, potevamo restare almeno amici. Era quella la cosa più importante.»

Uff. Il rimorso mi tagliò come la lama di un rasoio, e gli presi la mano per baciargli il palmo, senza saper cosa dire.

«Ho bussato alla tua porta e mi ha aperto tua madre. Ha detto che eri già uscito. Ho temuto di vomitarle su tutti i cespugli di rose, ma ho pensato che avrei potuto trovarti a scuola e che avremmo fatto finta che non fosse successo nulla. Per tutto il tragitto, ho ripassato quello che ti avrei detto, tentando di sembrare disinvolto e indifferente. Ma poi, quando mi sei passato accanto nell'atrio come se non esistessi nemmeno...»

«Mi dispiace,» sussurrai. «Darei qualunque cosa per poter tornare indietro.» Mi avvicinai lentamente e gli baciai la spalla.

Lui aprì gli occhi. «Dispiace anche a me. Non possiamo cambiare le stronzate che abbiamo fatto.» Mi baciò con tenerezza, un semplice sfiorarsi di labbra. Ci inspirammo a vicenda, premendo le fronti l'una contro l'altra senza parole.

Tirandosi indietro, Charlie mi baciò la punta del naso. «Torniamo a te che fantastichi su di me mentre ti fai le seghe. È un argomento che va esplorato più nel dettaglio.»

Risi, e la pressione nel mio petto si alleviò. «Sono sicuro che puoi collegare i puntini da solo.»

«Ho una vivida immaginazione, in effetti, ma voglio i particolari, Bloomberg. Spara.»

«Be', guardavo un video o pensavo a qualche attore figo. Ma alla fine c'eri sempre tu, o non riuscivo a...»

Charlie mi si premette ancora di più contro il fianco, sostenendosi la testa con la mano. Il suo uccello mi sfiorò l'anca. «Non riuscivi a venire se non pensavi a me?»

Se ancora non ero arrossito, a quel punto lo feci senz'altro. Ma era la verità, così annuii e distolsi lo sguardo.

Risalendomi il petto con la mano, Charlie mi alzò il mento con un dito e mi fece inclinare la testa verso di sé. Non sapevo bene cosa aspettarmi, ma non mi stava deridendo. Aveva gli occhi scuri e si chinò a baciarmi, leccandomi dentro la bocca. Quando si tirò indietro, mi fece scorrere di nuovo la mano lungo il corpo, questa volta chiudendomela intorno al sesso, che si risvegliò in fretta.

«A cosa pensavi?»

«Sai... Roba.» Il mio respiro si inceppò mentre giocherellava con la punta.

«Mmm, roba.» Sorrise, perfido. «Dovrai essere più specifico.» Facendomi aprire meglio le gambe, abbassò la mano a sfiorarmi l'apertura. «Pensavi al mio cazzo nel culo?»

«A-ha.» Ero indolenzito, ma amavo la sensazione delle sue dita che mi stuzzicavano. D'istinto, confessai: «Quando guardavo i porno, immaginavo te in tutte le posizioni.»

«Sì?» Strusciò il sesso sempre più duro contro la mia anca. «Che te lo succhiavo? Che ti scopavo? Anche tu scopavi me?»

Annuii con tanta foga che rischiai di sbattere la testa contro il telaio del letto.

Charlie si leccò il palmo e mi accarezzò di nuovo il sesso. «Come mi prendevi? Sdraiato sulla schiena? Sul fianco?»

«A volte. Ma di solito…»

«Sullo stomaco? Mmh, o magari in ginocchio?»

Il mio cazzo sobbalzò nella sua mano e gemetti.

Con un sorriso malizioso, mi diede un bacio confuso, tutto lingua e saliva intanto che continuava a massaggiarmi l'uccello. «Alla pecorina, con te alle mie spalle? Sei più grosso di me, quindi potresti prendermi *sul serio*. Sbattermelo dentro. Darmelo fino a farmi urlare il tuo nome.»

Gli afferrai la testa, tirandogli i capelli per strattonarlo in un bacio mentre mi spingevo nella sua stretta. «Sì,» gemetti.

Charlie si allontanò di scatto, ma dopo un attimo tornò, lanciandomi i preservativi prima di voltarsi e mettersi carponi. «Fallo. Cazzo, ti prego.» Si spremette il lubrificante sulle dita e spinse la mano dietro di sé.

Feci cadere la bustina tre volte prima di riuscire ad aprirla e srotolarmi il preservativo sul sesso. Lo guardai mentre si lubrificava l'apertura, penetrandosi con le dita, e dovetti strizzarmi la base dell'asta per controllarmi. Gattonai alle sue spalle, gli afferrai il polso, gli feci tirar fuori le dita e mi alzai in ginocchio. Il lenzuolo si era stropicciato sotto di me e lo liberai con uno strattone.

La sua apertura luccicava e gli allargai le natiche. Probabilmente sarei rimasto a fissarlo per un'ora, se me l'avesse permesso, ma con uno scatto spinse indietro il sedere.

«Forza, Gavin. Scopami come hai sempre voluto fare.»

Mi ci vollero due tentativi per penetrarlo, premendo la punta del sesso contro l'anello di muscoli. Non volevo fargli male e provai a spingere. Niente. Ci riprovai e Charlie gemette.

«Bello, sbattimelo dentro. Non mi spezzerò, giuro. Il dolore non è un problema. Fa parte dell'esperienza.»

Aveva ragione, certo: il bruciore aveva reso il piacere ancora più intenso, quando mi ero impalato su di lui. Afferrandogli i fianchi, mi spinsi dentro di lui, avanzando centimetro dopo centimetro nella sua apertura stretta. Con un'ultima spinta, lo penetrai del tutto, sbattendo il bacino contro le sue natiche. Urlammo entrambi e mi augurai che i vicini non avessero il sonno leggero.

In caso contrario, mi dispiaceva per loro, perché gemetti e grugnii e urlai mentre scopavo Charlie con forza. Lui prese tutto ciò che gli davo, ansimando e gemendo a sua volta, e la stanza si riempì dello schiaffeggiare delle nostre carni. Afferrandogli la spalla con una mano, mi chinai su di lui e gli affondai dentro ancora di più.

Era così caldo, stretto intorno a me, e mi faceva impazzire poter usare tutta quella forza. Non dovevo preoccuparmi di essere troppo pesante, e i suoi gemiti bassi erano proprio come li avevo immaginati. Si apriva per me in modo così perfetto, avrei voluto scoparlo tutta la notte. Speravo di farlo nel modo giusto. Ma Dio, il semplice fatto che lo stessi facendo significava tutto. I punti di contatto tra le nostre pelli erano scivolosi, e respirai con la bocca, cercando di trovare un ritmo.

«Oh sì,» gemette Charlie. «Proprio lì. Fallo ancora. Scopami bene.»

Somigliava ai tizi dei porno e lo *adoravo*. Il mio sangue era così bollente che non mi sarei stupito se, mentre lo scopavo, mi fosse uscito del vapore dalle orecchie. Era strettissimo e volevo venirgli dentro. Riempirlo fino a vederlo sgocciolare, sempre che fosse davvero possibile.

Avevo un crampo alla gamba e i testicoli tesissimi, così mi sporsi in avanti per afferrargli il cazzo e lo pompai con forza.

Quando venne, urlò così forte che dovette sentirlo anche la gente nella farmacia aperta ventiquattro ore su ventiquattro sull'altro lato della strada. Contrasse i muscoli e io continuai a spingere, intrecciando una mano nei suoi capelli sudati mentre mi lanciavo verso il traguardo. Chiusi gli occhi, continuando a vedere esplosioni colorate di luce, e l'orgasmo mi attraversò con un brivido.

Ansimando, crollammo in un ammasso di corpi sudati. Charlie mi prese la mano e la baciò. «La tua tessera di iscrizione è decisamente nella posta.»

Dovevo sbarazzarmi del preservativo e dare una ripulita, ma rimasi sdraiato ancora un po' sulla sua schiena, sorridendo contro la sua pelle.

Charlie

«CHARLIE!»

Mi alzai di scatto, mettendo a fuoco Gavin e la stanza del motel economico. Lui era inginocchiato accanto a me sul letto, con il viso illuminato dal bagliore del telefono e le lucine colorate come un arcobaleno alle sue spalle. «Che c'è?» Mi schiarii la voce, tossendo. «Cos'è successo?» Sbattei le palpebre guardando la sveglia sul comodino. L'una e un quarto del pomeriggio.

«È un vero miracolo di Natale. La tempesta si è spostata a nord. Le strade verso est non sono messe male. Se partiamo adesso e guidiamo tutta la notte, potremmo arrivare per il venticinque! Potresti essere lì quando Ava si sveglierà!»

Di colpo ero sveglissimo, le vene gonfie di adrenalina. «Dici sul serio?»

Gavin inclinò la testa e congiunse le sopracciglia. «No, ti sto prendendo in giro. Scherzo! Una battuta esilarante.» Mi diede una manata sulla spalla e saltò giù dal letto. «Andiamo!»

Lo imitai e andai in cerca dei vestiti, ma poi abbassai gli occhi sullo sperma rappreso tra i miei peli del petto. «Merda. Mi conviene fare una doccia veloce.»

«Ti ho preceduto,» mi urlò lui dal bagno, seguito dal suono dell'acqua. «Dammi qualche minuto. Separati faremo prima.»

«Secondo te possiamo farcela davvero?» gli gridai. Avevo paura di illudermi, ma non riuscivo a evitarlo.

«Che cosa?»

«Niente!» Aprii la valigia e presi dei vestiti puliti, prima di ricacciare dentro tutto il resto. Dopo aver tolto la spina alle luci di Natale, infilai dentro pure loro.

Quando Gavin uscì sgocciolante dal bagno, strofinandosi i capelli con un asciugamano, mi presi una frazione di secondo per apprezzare quanto fosse *bello* il mio ragazzo. *Oh!* Quel pensiero era spuntato con totale naturalezza. Ma era davvero il mio ragazzo, adesso? Probabilmente stavo correndo troppo.

Volevo che lo fosse, però? E se…

OH MIO DIO, FATTI 'STA DOCCIA E RI-MANDA A PIÙ TARDI LE ANSIE SUL TUO STATO SENTIMENTALE.

Mi affrettai a eseguire l'ordine del mio sergente interiore, chiudendomi in bagno per fare i miei bisogni perché, comunque definissimo la nostra relazione, era di certo troppo presto per farli con la porta aperta. Chiamatemi pure un tipo all'antica.

Un attimo dopo mi infilai nella doccia, dove spremetti il poco shampoo e balsamo del motel rimasto e mi strofinai per bene. Mi accorsi che stavo sorridendo e canticchiai *Jingle Bells* a bocca chiusa. Presto saremmo sfrecciati nella neve e avrei potuto vedere la faccina perfetta della mia Ava la mattina di Natale. Saltai fuori dalla doccia canticchiando da solo.

«*Over the field we go, laughing all the way. Bells on bobtail ring…*» Mi chiesi che diavolo fosse un *bobtail* e stavo mettendo la mano sulla maniglia per domandarlo a Gavin, quando mi resi conto che stava parlando con qualcuno al telefono.

«Sì, papà. In realtà è stato fantastico. Diversissimo da quello che mi aspettavo.»

Sorrisi tra me. Era stato fantastico davvero, eh?

«No, sai che stare solo non mi dispiace. Sto recuperando un po' di letture arretrate. Adesso è meglio che vada. Sono felice che tu e mamma ve la stiate passando bene. Divertitevi a fare paddle boarding!»

In piedi sulle piastrelle, nudo e bagnato, mi costrinsi a prendere fiato. Era come se mi avessero tirato un pugno in faccia (per non parlare delle palle), ma del resto Gavin me ne doveva uno. Quindi, a quanto pareva, definirlo il mio ragazzo era davvero prematuro. Buono a sapersi. Cercai di concentrarmi. *Ci sono valide ragioni per non dirlo subito a suo padre. Non ha ancora neanche fatto coming out. Va tutto bene. Non sclerare. Non significa nulla.*

Ma cazzo se faceva male.

Mi asciugai in fretta e non lo guardai mentre mi spicciavo a vestirmi. Era tutto a posto. Dovevo solo vedere come andava. Non aveva senso fare una scenata, soprattutto dato che non ci eravamo esattamente scambiati anelli di fidanzamento. Avevamo ripreso a parlarci solo pochi giorni prima, dopo anni di silenzio. Cosa mi aspettavo? Non era niente di che.

«Charlie? Tutto okay?»

«A-ha,» mentii. «Sono solo ansioso di arrivare a casa. Adesso che è di nuovo possibile, voglio proprio farcela.»

«Lo so. Ci riusciremo.» Con le sue fossette nelle guance e gli occhi gentili, mi prese il viso tra le mani e mi diede un bacio tenero. «Ti farò arrivare in tempo. D'accordo?»

Avrei potuto restare per sempre in quell'istante

a baciarlo, ma annuii. Non potevo permettermi di preoccuparmi per il futuro. Gavin era lì con me, al momento, e dovevamo rimetterci in viaggio, perché il Natale non poteva aspettare.

Capitolo otto

Gavin

25 dicembre

ERA POCO DOPO l'una del mattino quando imboccammo il vialetto degli Yates. Charlie spense il motore e ci guardammo. «Siamo arrivati davvero per la mattina di Natale,» dissi. L'uscita da Sandusky era stata lenta, ma una volta in Pennsylvania avevamo trovato gli spalaneve che lavoravano a pieno regime.

Charlie fissò la casa, illuminata dalle luci di Natale appese al tetto e ai cespugli sotto alla finestra anteriore, che splendeva di un caldo bagliore giallo. Sorrise. «Forza.»

«Oh, sei sicuro? Posso anche solo…» Indicai in fondo alla strada, verso la mia casa buia.

«Non vuoi entrare?»

«No, voglio… Non vorrei intromettermi.»

Alzò gli occhi al cielo. «Non sarei qui, se non fosse per te. Non ti stai intromettendo.» Scese e chiuse con delicatezza la portiera, e io lo imitai, sollevato. Tornare a casa non sarebbe stato un problema: di certo avevo sentito la mancanza del mio letto. Ma non era invitante quanto la casa degli Yates e il calore che uscì non appena la madre di Charlie aprì la porta e attirò il figlio in un abbraccio. Rimasi indietro sul portico mentre lei gli prendeva il viso tra le mani e gli baciava la fronte, il mento, le guance e il naso. Era bionda e minuta, graziosa nella maniera confortante delle madri.

I genitori di Charlie indossavano entrambi la vestaglia sopra al pigiama, e il signor Yates si sporse oltre la moglie per porgermi la mano. Era alto, panciuto e un po' calvo, ma aveva lo stesso sorriso assassino del figlio.

«Gavin, che bello vederti,» disse a bassa voce. «Grazie di averci riportato a casa Charlie. Prego, accomodati. Hai fame? Sete?»

Sorridendo, gli strinsi la mano e mi chiusi la porta alle spalle. «È stato un piacere, signore.» Ovvio che a quel punto le guance mi andarono a fuoco e, farfugliando, mi concentrai a slegarmi le scarpe. Il signor Yates non sembrò farci caso, però, e attirò Charlie in un abbraccio fortissimo. Mentre parlavano a bassa voce, la signora Yates mi prese il cappotto.

«Che ne dici di una cioccolata calda?» mi propose.

«Sarebbe fantastico, ma immagino che non dovrei fermarmi a lungo. È così tardi. O presto, a seconda del punto di vista.»

«Pensavo che Gavin potrebbe restare qui finché non andrà a sciare, domani,» suggerì Charlie.

«Oh, certo!» La signora Yates stava ancora sussurrando. «Saremmo felicissimi di averti qui. Non vogliamo che tu vada a casa da solo.» Uno scalpiccio sordo dal piano di sopra le strappò un sospiro. «A quanto pare, siamo stati scoperti.»

Charlie alzò le sopracciglia. «Credevi sul serio che avrebbe dormito tutta la notte? Sei sempre così ottimista, mamma.» Saltò sul primo gradino delle scale, urlando: «Perché l'orso è uscito dal letargo, vero?»

Con un ringhio sorprendentemente forte, accompagnato da un turbine di movimenti, Ava si fiondò giù per le scale e gli saltò tra le braccia. Lui le rispose con un ruggito e lei gli si avviluppò intorno. Era ancora piccola per i suoi otto anni, il che aveva senso, considerando quanto fosse stata malata.

I capelli le stavano ricrescendo in semi-riccioli castani che le arrivavano alle orecchie, ed era la cosa più adorabile che avessi mai visto, soprattutto tra le braccia del fratello. Lui la strinse con un'espressione così piena di tenerezza e amore che mi fece bruciare gli occhi.

Anche la signora Yates sembrava sul punto di

piangere e il marito le passò un braccio intorno alle spalle. Lasciandosi scivolare a terra, Ava si voltò verso il punto in cui ero rimasto in disparte.

«Ciao, Gavin! Non so se ti ricordi di me.»

«Certo che sì.» Le sorrisi. «È davvero bello rivederti.»

Si avvicinò e mi gettò le braccia intorno alla vita. «Grazie di aver portato Charlie a casa per Natale.»

«Certo.» Le accarezzai la testa e ricambiai l'abbraccio.

«Era destino, il modo in cui la tempesta si è spostata verso nord,» affermò il signor Yates. «Babbo Natale deve averci messo una buona parola.»

Ava saltellò sulla punta dei piedi. «È già passato?»

Sua madre le sfiorò i capelli. «È possibile, sì, ma sai che devi aspettare la mattina di Natale.»

«Ma questa *è* la mattina di Natale. È mezzanotte passata.»

Charlie la cinse con un braccio. «Perché non apriamo adesso le calze? Visto che mamma e papà sono già in piedi, non dovremo svegliarli alle cinque o alle sei.»

«Il suo è un ottimo argomento,» commentò il signor Yates.

La moglie sorrise. «Metto a bollire l'acqua per la cioccolata calda, e penso che faremo meglio a controllare la mensola del caminetto.»

Ava si precipitò lungo il corridoio e io seguii la famiglia nel soggiorno oltre la cucina. L'estate in cui mi ero trasferito a Norwalk, avevo passato tantissimi giorni in quella casa, in particolare nel soggiorno. La spessa moquette beige e il divano a sezioni erano sempre gli stessi, così come il caminetto di mattoni e i dettagli in legno sparsi per la stanza senza finestre. L'enorme TV sulla mensola era nuova e pensai a quanto sarebbe stato fantastico giocarci ai videogiochi. Forse io e Charlie avremmo potuto fare qualche partita.

Siamo tornati amici, ma siamo anche qualcosa di più? Cosa succederà dopo Natale?

Ave strillò alla vista dei regali avvolti in carte vivaci ammucchiati sotto l'albero nell'angolo. «Sono tantissimi!»

«Quest'anno sei nella lista dei buoni, eh?» osservò Charlie. «Sempre che non siano tutti per me.»

«Io credo che anche mamma e papà si siano meritati qualche regalo,» commentò la signora Yates.

Lui scrollò le spalle. «*Probabilmente.*»

Ridacchiando, Ava guardò le calze stracolme appese alla mensola. «Possiamo, possiamo?»

«Direi di sì,» rispose il signor Yates con un ampio sorriso.

Mi appollaiai sul divano accanto ai genitori di

Charlie mentre lui e Ava si lasciavano cadere sulla moquette per avventarsi sulle calze, commentando con urletti i regalini stipati all'interno. Immaginai che fosse stata la signora Yates a occuparsi degli acquisti, perché le calze erano piene di articoli da toeletta, oltre a giocattoli per Ava e a un nuovo videogame di auto da corsa per Charlie.

Accigliata, la signora Yates scartò un boccettino che aveva ricevuto in dono. Con un sussulto sommesso, sorrise raggiante al marito. «Chanel! Come è finito qui dentro?»

«Ehi, chiedilo a Babbo Natale. Io non ne ho idea.» Lui la baciò e continuò a svuotare la propria calza.

«Ah!» La signora Yates andò alla mensola e prese una busta bianca. «Gavin, qui c'è un piccolo pensiero per te.»

«Che cosa? Non ce n'era bisogno.» Presi la busta, fissando il mio nome scritto in aggraziate lettere arzigogolate.

Lei tornò a sedersi accanto a me e mi strizzò il braccio. «È solo un piccolo ringraziamento.»

Aprii la busta ed estrassi un bigliettino di auguri per Hanukkah blu e argento, decorato con fiocchi di neve e piccole stelle di David. Nell'aprirlo, mi cadde sulle ginocchia una gift card da cento dollari per iTunes. «Wow! Grazie mille! Non dovevate, davvero.»

«È stato Hanukkah Harry,» mi assicurò il signor Yates. «È passato appena prima di Babbo Natale.»

Ridacchiando, lessi il biglietto.

Calore di gioia, luce di prosperità, scintille di contentezza.
Che tu possa godere di tutto questo e altro ancora.

Nel suo corsivo preciso, la signora Yates aveva aggiunto:

Grazie di essere un così buon amico per Charlie. Speriamo di vederti ancora!
Con affetto,
Maria, Graham e Ava

«Grazie.» Riuscii a mantenere il sorriso, anche se avrei voluto protestare dichiarandomi un impostore. Affermando che non ero stato affatto un buon amico per Charlie, neanche dopo la malattia di Ava, quando avrei dovuto mettere da parte le mie paure.

Ma mentre mi guardavo intorno e vedevo la famiglia Yates aprire le calze nel cuore della notte, mi resi conto che il punto non ero io. Aveva ragione Charlie quando diceva che non potevamo cambiare il passato e, a prescindere da ciò che sarebbe successo tra noi, avrei fatto tutto il possibile per essere l'amico che credevano.

ERA NOTTE FONDA, avrei dovuto essere esausto. E lo ero, ma gli occhi rifiutavano di chiudersi. Teso e irrequieto, fissavo il soffitto della stanza degli ospiti. Charlie era dall'altra parte del corridoio e avevo una voglia matta di andare in punta di piedi a vedere se stava dormendo. Probabilmente sì. Doveva essere crollato di botto.

Chiusi gli occhi con fermezza. Era tempo di dormire. Da lì a poche ore ci saremmo rialzati per la mattina di Natale, perciò dovevo riposare. Inspirando ed espirando, contai i respiri e cercai di renderli sempre più lunghi. *Ecco. Mi sta venendo sonno. È ora di lasciarsi andare.*

Con un sospiro, aprii gli occhi e mi girai sul fianco, cercando una posizione comoda sul letto singolo. Poi provai il fianco opposto. Poi lo stomaco. Poi di nuovo la schiena. La mia pressione sanguigna si alzò mentre scalciavo via le coperte. *Dormi, cazzo! METTITI A DORMIRE!*

Trattenni il fiato quando la porta si aprì con un cigolio. Sbattei le palpebre nel buio e mi sporsi a scostare una delle tende accanto al letto. La luce della luna entrò, illuminando Charlie che si richiudeva la porta alle spalle. Con un gran sorriso, salì sul mio letto e mi si sdraiò addosso. Amavo il suo peso, così giusto; mi scaldava come il bagliore costante di una candela. Aprii la bocca per accogliere la sua lingua.

Indossavamo entrambi T-shirt e pantaloni del pigiama di flanella e, insinuando le dita sotto l'orlo della sua maglietta, gli toccai i muscoli asciutti della schiena. Aprendo le gambe, gemetti nella sua bocca mentre lui mi scivolava tra le cosce e spingeva il bacino contro il mio. Desiderai spogliarmi e piegare le gambe, portando le ginocchia alle orecchie perché potesse scoparmi. Al pensiero di lui che mi sbatteva, sentii formicolare i testicoli.

O forse avrebbe potuto cavalcarmi come io avevo fatto con lui. Sarebbe stato fantastico, ma non sarei mai riuscito a restare in silenzio. Lo baciai brutalmente e mi strusciai contro di lui con disperazione.

Interrompendo il bacio, Charlie si sollevò su una mano e mi succhiò il lobo dell'orecchio. Il suo bisbiglio mi provocò brividi gelidi e bollenti. «Che cosa vuoi?»

Incapace di pronunciare parole compiute, gli afferrai il sedere e premetti il suo cazzo contro il mio attraverso troppi strati di flanella e cotone.

«Voglio davvero scoparti di nuovo, ma qui non possiamo.» Mosse i fianchi, ansimandomi nell'orecchio. «Vuoi che te lo succhi, però?»

Mi morsi la lingua con tanta forza da farmi venire le lacrime agli occhi. Annuendo frenetico gli strattonai i vestiti, ma lui strisciò all'indietro, abbassandomi i boxer e i pantaloni del pigiama. La maglietta mi si impigliò nel braccio, ma riuscii a liberarmene e a lanciarla sul pavimento. Ero nudo e Charlie no, e per qualche ragione quel pensiero me lo fece venire ancora più duro.

Lui si accucciò ai miei piedi, come in attesa. Avvampai dal collo alle guance, il che era stupido, perché non era la prima volta che mi vedeva nudo. Ma sussurrando insieme nel silenzio della notte, sotto il bagliore bianco argenteo della luna, tutto diventava più intimo. Con un respiro profondo allargai le gambe, piegando le ginocchia e divaricandole quanto più possibile.

Charlie trattenne il fiato, poi si leccò le labbra e annuì. Se la prese comoda, sfregandomi i palmi sulle caviglie e strusciandomi il naso contro l'interno delle cosce; il contatto con la sua guancia ispida mi fece ansimare. Il mio sesso si curvò verso il ventre e feci per toccarmi. Lui mi afferrò il polso e scosse il capo, premendomi entrambe le mani vicino alla testa.

Ero così esposto, ma sapevo di essere al sicuro con lui. Anche quando diceva e faceva sconcezze, c'era sempre una gentilezza di fondo. Avevo finalmente rivelato il mio lato più oscuro e nascosto: l'uomo che neanche Candace conosceva. Non ero più un ragazzo ed ero pronto ad affidare a Charlie tutta la mia verità.

I suoi baci e tocchi provocanti mi scivolarono

sul petto, leggeri come piume. Gemetti quando succhiò ciascun capezzolo fino a renderlo una protuberanza dura, concentrato sul darmi quanto più piacere possibile. Cercai di toccarlo di nuovo, ma lui fece un verso impaziente e mi posò un bacio delicato su ciascuno dei palmi, prima di spingermi le braccia verso l'alto.

Mentre mi leccava l'ombelico intrecciai le dita ai suoi capelli, avevo bisogno di un contatto. Con l'uccello teso inarcai i fianchi, cercando di strusciarglielo contro. Lo sbuffo della sua risata mi solleticò la pelle.

«Ti prego,» sussurrai.

Charlie si accucciò sui talloni e mi accarezzò le cosce divaricate, guardandomi con un mezzo sorriso. Quando tornò a chinarsi in avanti, lasciai andare il respiro che stavo trattenendo, sicuro che stesse per porre finalmente termine a quel dolce tormento. Ma la sua bocca trovò di nuovo il mio orecchio.

«Sei proprio una puttanella, eh?» Pensai che con molti uomini quella domanda sarebbe suonata grezza e brutale, ma in bocca a Charlie era un bisbiglio affettuoso, come se mi leggesse dentro e volesse incoraggiarmi a uscire allo scoperto senza giudicare.

Annuii con foga, ansimando, lo stomaco stretto da un desiderio appiccicoso. *Ero* una puttanella, e Charlie mi faceva sentire bene al riguardo. Forse era strano che la cosa mi eccitasse – che mi commuovesse – ma era così.

«Una puttanella per *me*, vero, Gavin?» Mi mordicchiò ancora il lobo dell'orecchio.

«Sì,» ansimai. «*Ti prego*.» Ero divaricato e implorante, e lo *adoravo*. Avrei voluto urlare e gridare, ma essere costretti a sussurrare e toccarci senza fare rumore mi eccitò ancora di più.

Charlie mi baciò la bocca, ma non feci in tempo ad aprirla che stava già scendendo a leccarmi il petto. Quando raggiunse il mio cazzo, alzò gli occhi a guardarmi e mi osservò mentre ne sfiorava la punta con la lingua, assaggiando le gocce che stillavo. Si leccò lentamente le labbra, gli occhi scintillanti fissi sui miei. Rabbrividii, quasi sicuro di stare per esplodere.

Poi accaddero due cose in contemporanea: Charlie inghiottì il mio uccello quasi del tutto, e mi schiaffò una mano sulla bocca per soffocare il mio grido. Dilatai le narici e il piacere mi consumò. Andai a fuoco, ansimando fiato bagnato contro il suo palmo mentre lui mi succhiava forte e rapido, l'altra mano avvolta alla base dell'asta.

Quando si tirò indietro bruscamente mi gelai, distogliendo lo sguardo dalle sue labbra lucide per spostarlo sulla porta. C'era qualcuno? Stavamo facendo troppo rumore? Oddio, l'aveva almeno *chiusa a chiave*? Ma prima che il panico mettesse radici, Charlie tornò a profilarsi su di me per sussurrarmi all'orecchio: «Vuoi scoparmi la bocca?»

Non potei soffocare un gemito mentre annuivo. Mi lasciai spingere e tirare finché le nostre posizioni non furono invertite, con Charlie disteso sulla schiena. Tirandomi per le cosce, mi fece mettere a cavalcioni della sua testa. Con il petto ansante, mi chinai per infilare l'uccello tra le sue labbra aperte. Il dolce scivolare della pressione mi fece rovesciare gli occhi all'indietro e strinsi la testiera per non cadere in avanti e soffocarlo.

Diedi un paio di spinte, esitando, e lui mi incoraggiò stringendomi i fianchi. Non riuscii a trovare un vero ritmo, ma non importava perché ero vicinissimo. Grugnendo, gli scopai a fondo la bocca, le sue labbra tese intorno al mio uccello. Lui mi insinuò le dita nel solco tra le natiche, sfiorandomi la fessura, e un tremito mi scosse.

L'orgasmo divampò incandescente, mentre mi riversavo nella sua bocca. Charlie tossì e sputacchiò e io mi ritrassi, schizzandogli le ultime gocce sul viso. Lui chiuse gli occhi, la bocca spalancata e la testa gettata all'indietro. Alla luce della luna, il mio sperma era bianco contro il suo volto e rimpiansi di non poter fotografare quanto fosse bello. Mi sporsi in avanti a leccarlo, invece, e lui gemette e mi baciò con forza.

Cercai il suo cazzo dentro al pigiama e bastarono un paio di strattoni per farlo venire, facendo un vero disastro. Ansimando, mi accasciai su di lui con il viso premuto contro il suo collo. Charlie mi circondò lentamente con le braccia e mi baciò la testa.

«So che sei ebreo, ma buon Natale. Grazie di avermi riportato a casa.»

«Dopo questa sera, sto pensando di convertirmi. Credo proprio di aver visto Gesù.»

Ridemmo troppo forte, poi ci zittimmo a vicenda e ci stringemmo a lungo.

Charlie

«SIGNORA YATES, ERA delizioso.» Seduto di fronte a me al tavolo da pranzo, Gavin si diede una pacca sullo stomaco. «Sono pieno. Di ripieno.»

Sorrisi alla sua battuta e Ava mi punzecchiò nel fianco, ridacchiando. Cercai di farle il solletico sotto l'ascella, ma si divincolò per poi punzecchiarmi di nuovo. «Che c'è?» le chiesi. Lei lanciò un'occhiata a Gavin e poi di nuovo a me, ma scosse la testa, come se avesse deciso di non parlare.

«Sono felice che sia stato di tuo gusto, Gavin.» Mia mamma bevve un sorso di vino rosso. «È stato splendido averti con noi.»

«Grazie ancora di aver servito la cena così presto. Mi sarebbe dispiaciuto molto perdermela.»

Mamma agitò una mano. Aveva le guance rosate ed era bello vederla così rilassata. «A Natale ceniamo sempre presto. Mia madre aveva l'abitudine di metterla in tavola al massimo per le quattro del pomeriggio.» Controllò l'orologio. «Hai fatto i bagagli? Gli Allen dovrebbero arrivare presto, no?»

«Sì, sono pronto.» Il sorriso di Gavin si spense un po'. «Charlie, sicuro che non ti secchi restituire tu l'auto alla ditta di noleggio, domattina?»

«Nessun problema. Zia Wendy, zio Fred e il resto della famiglia non arriveranno per il secondo Natale fino al pomeriggio.»

Lui rise. «Secondo Natale? È tipo la seconda colazione degli hobbit?»

«Già. Ogni Natale, ciascuno cena per conto proprio e il giorno dopo ci ritroviamo insieme a casa di qualcuno e portiamo gli avanzi.» Feci un gran sorriso. «In più, riceviamo altri regali.»

«Sembra davvero fantastico,» commentò.

Seduto all'altro capo del tavolo rispetto a mamma, papà si appoggiò allo schienale. «Gli Allen hanno avuto proprio una buona idea ad andare a Stowe il giorno di Natale. Arriverete prestissimo e domattina potrete lanciarvi sulla pista appena svegli. Dovremmo provarci anche noi, un anno, Maria. Chiamare l'intera famiglia.»

«Dovremmo,» rispose la mamma, ma non sembrava convinta. «Vedremo. Sciare può essere pericoloso.»

Ava si irrigidì all'istante. «Posso sciare, mamma. Un sacco di gente lo fa.»

Nostra madre sospirò. «Sì, ma la gente si fa anche male. Va a sbattere contro gli alberi e si spacca le ossa.»

«Hai detto la stessa cosa dell'andare sul toboga, ma lo fanno tutti. Sally McCormack l'ha fatto ieri e sta bene. Sono stufa di non fare le cose!» La sua voce era diventata piagnucolosa. «Non mi hai lasciato nemmeno partecipare alla battaglia di palle di neve!»

Le posai una mano sulla schiena e la mossi in circolo, guardando mia madre con un sopracciglio inarcato. «Sul serio? Una battaglia a palle di neve? Starà benissimo.»

Stringendo il bicchiere di vino, mamma tese le labbra in una linea sottile. «Neanche immagini quello che ho visto durante l'anno al pronto soccorso.» Scambiò uno sguardo con papà, prima di espirare. «Ma sì, forse sono un po' iperprotettiva.»

«Prima che debba tornare a scuola faremo una battaglia a palle di neve, d'accordo, Orsetta?» Le strinsi la spalla delicata.

«D'accordo.» Si rallegrò. «Può giocare anche Gavin?»

«Certo.» Avevo una gran voglia di dire che avremmo potuto farlo quella sera stessa, se fosse rimasto, ma mi trattenni. «Quando tornerà dalle piste da sci, lo affronteremo.»

Gavin alzò le mani. «Ehi, ehi... Due contro

uno? Non sembra molto corretto.»

«Scappi come un pollo?» Ava sbatté i gomiti chiocciando come una gallina e tutti scoppiammo a ridere.

«Come puoi vedere, Charlie è un'ottima influenza,» osservò papà in tono ironico.

La tensione per fortuna si era dissipata e mamma sbadigliò. «Tra poco sarò pronta per il letto. Anche se voglio provare il mio nuovo lettore ebook.» Mi fece un gran sorriso.

«Spero ti piaccia. Pensa: avrai sempre centinaia di libri nella borsetta. Non...» Mi fermai in tempo. «Non resterai mai più senza,» aggiunsi, un po' patetico. Ero stato sul punto di dire "non dovrai più sorbirti quelle schifose riviste da sala d'aspetto", ma con Ava in fase di remissione non ci sarebbero più stati ospedali. Almeno, pregai l'universo che fosse così.

Stavamo finendo di aiutare con i piatti quando suonò il campanello. Nel momento in cui mio padre aprì la porta sentii la cadenza della voce di Candace, dopodiché Ava e i miei genitori fecero i loro saluti e si dispersero, lasciando me, lei e Gavin soli nel piccolo ingresso di casa mia. Assolutamente nulla di imbarazzante.

Mi schiarii la gola. «Ehm, ciao. Buon Natale.»

Lei sorrise esitante. Era davvero una bella ragazza, tutta onde bionde e denti bianchi. «Grazie, Charlie. Anche a te.» Sfoggiava un set coordinato di sciarpa/guanti/cuffia azzurra e rosa, e in pratica sembrava appena uscita da una pubblicità natalizia della Gap.

Tanto vale togliersi il dente, no? «Scusa per quello che ti ho detto quel giorno in pizzeria. Era terribile e sbagliato, e mi dispiace davvero, davvero tanto.»

Lei sbatté le palpebre. «Oh. Be', scuse accettate.» Lanciò un'occhiata a Gavin. «Se Gav può dimenticare e perdonare, posso farlo anche io.»

Era sciocco sentirsi pugnalare dalla gelosia solo perché l'aveva chiamato "Gav", ma non potei farne a meno. Candace aveva avuto Gavin per quattro lunghi anni e adesso se lo stava riprendendo. «Bene. Grazie.» Volevo aggrapparmi a lui e rivendicare il mio possesso. Avrei tirato fuori l'uccello per pisciargli sulla gamba, se avessi pensato che potesse servire a qualcosa. «Quindi torni il trenta? Ma dovrai vedere i tuoi e fare altro, giusto? Immagino che ci vedremo quando capita.» Cercai di mostrarmi indifferente, e probabilmente fallii in modo vergognoso.

Gavin mi fissò, aprendo e chiudendo la bocca un paio di volte. Alla fine, disse: «Oh.»

Merda. Che significava? Mentre mi affannavo a pensare a cosa dire, Candace si tirò indietro. «Aspetto in auto. A presto, Charlie!» Mi salutò con la mano e se la filò, chiudendosi la porta d'ingresso alle spalle. Io e Gavin restammo soli a fissarci.

Dal soggiorno oltre la cucina echeggiò il clamore di una partita di football. Le parole mi sferzarono la mente come un uragano e alla fine optai per una scrollata di spalle che dovette somigliare a una crisi epilettica. «Cioè, sempre che tu voglia rivedermi.» Lo voleva, giusto? Mi ero sentito vicinissimo a lui, ma parlarne rendeva di colpo tutto strano e imbarazzante.

«È quello che... *Tu* vuoi rivedermi?»

Sì, sì, sì! Ma sviai il discorso, perché ero terribile. «È quello che vuoi tu? Se questa era solo un'avventura, è tutto a posto.» *Sempre che "a posto" significhi "la cosa peggiore del mondo".*

«Io non penso.» Abbassò il mento e fissò per terra.

Un attimo, che cosa? «Non pensi... Cioè, non vuoi rivedermi?»

Rialzò la testa di scatto. «No. Non penso che sia tutto a posto, se questa era solo un'avventura.» Alzando le mani, disse: «Ricominciamo da capo e smettila di girarci intorno.» Incassò la testa tra le spalle, inspirando ed espirando a fondo. «Non voglio che questa sia solo un'avventura. Voglio rivederti il prima possibile. Sono molto tentato di piantare in asso tutti per lo sci, ma sarebbe troppo da maleducati.»

«Oh.» Sorrisi così tanto che mi fece male il viso. «Okay. Fantastico. Anche io voglio rivederti. Vorrei vederti di continuo, in pratica.»

«Sì?» Lui chinò la testa e fece un sorriso dolce. «Bene. È quello che voglio anche io.»

«Non hai nemmeno detto a tuo padre che stavi facendo il viaggio con me, quindi ho pensato che forse…» Merda. Non volevo dirlo a voce alta. Alzai la spalla con un movimento spastico. «Ieri, quando sono uscito dalla doccia, ho sentito un pezzo della tua telefonata. Non stavo cercando di origliare. Erano solo, sai, le pareti sottili. Scusa.»

Lui si accigliò. «No, sono io quello che deve scusarsi. Non si trattava di te, in realtà. Prima devo dire a loro di me. Ma sapevo che se mio padre avesse scoperto che eravamo insieme sarebbe andato fuori di testa, e noi dovevamo rimetterci in viaggio. Non era il momento giusto.»

«Lo capisco. Davvero. Ma pensi di dirglielo presto? Di te? E di me… Di *noi*? C'è un noi, vero?»

«C'è assolutamente un noi. Al cento per cento.» Lanciò un'occhiata al corridoio e si avvicinò di un passo, strusciandomi il naso contro la guancia e respirando a fondo. «Odio dovermi separare da te. Ma ti scriverò e…» Raddrizzò la schiena, sbattendo le palpebre. «Merda. Non ho neanche il tuo numero.» Tirò fuori il telefono e io snocciolai le cifre. «Adesso ti chiamo, così puoi aggiungermi.»

Il mio cellulare vibrò e mi si fermò il cuore quando lo tirai fuori dalla tasca e vidi la foto di Gavin sullo schermo. Lui stava per dire qualcos'altro, ma serrò la mascella di scatto.

«Che cosa… Quello è…?»

Entrambi fissammo il Gavin quattordicenne, tutto spalle ossute e sorriso con fossette, con i capelli che si asciugavano lasciando affiorare le sfumature ramate. Il sole spuntava dietro al salice che ombreggiava un lato del laghetto.

La segreteria telefonica scattò e lo schermo tornò scuro. Mi schiarii la voce. «A quanto pare non ho mai cancellato il tuo contatto.»

Le sue narici si dilatarono appena mentre deglutiva, facendo ballonzolare il pomo d'Adamo. Poi mi attirò a sé e mi strinse forte, chinandosi per premere il viso contro il mio collo. Sussurrò qualcosa che non riuscii a capire.

Quando si raddrizzò, mi baciò delicato. Il tremito che mi percorse fu caldo come burro.

«Ho bisogno di una tua foto.» Gavin mi passò una mano sui capelli.

«Te ne manderò una mentre scii. Te ne manderò un sacco. Potrai scegliere.»

«Mmm. Intrigante. Ce ne sarà qualcuna in cui indossi i pantaloni?»

«Poco probabile.»

Sorrise, un lampo di luce che si offuscò in fretta. «Comunque. Torno per la vigilia di Capodanno e loro saranno a casa. Gli dirò tutto.»

Gli massaggiai i fianchi. «Devi essere preoccupato per la loro reazione.»

Cercò di sorridere. «Solo un po'. Ma lo farò. È

da troppo tempo che mi tengo dentro tutto. Non ce la faccio più. A prescindere da cosa succederà, devo essere onesto. Devo essere... reale. Capisci cosa intendo? Glielo dirò. Davvero.» Lanciò uno sguardo verso il corridoio. «I tuoi l'hanno presa bene da subito?»

«Sì. Mia mamma ha detto che l'aveva già immaginato e, quando gliene ho parlato, Ava era in ospedale dopo la diagnosi.» Feci una smorfia. «Penso di aver scelto un pessimo momento, ma mi sembrava di mentire e lo odiavo. Hanno detto che erano molto felici che gliel'avessi detto, però. Penso che la malattia di Ava abbia messo tutto in prospettiva.»

«Sono così felice che stia meglio. È una bambina fantastica, Charlie. Sei davvero fortunato.»

Ero davvero fortunato, e dovetti inghiottire a fatica il groppo in gola mentre annuivo.

«Devo andare. Ci vediamo tra cinque giorni. In effetti, più quattro giorni e ventitré ore. Non che stia tenendo il conto.»

Premetti le labbra sulle sue e ci stringemmo in un abbraccio. Volevo spingerlo contro la porta e baciarlo per giorni. «Quattro giorni, ventidue ore e cinquantanove minuti,» borbottai.

Con un ultimo bacio e un cenno di saluto se ne andò, e io chiusi a chiave la porta, voltandomi per appoggiarmici contro mentre sentivo l'auto degli Allen uscire in retromarcia e partire lungo la strada.

«Lo aaaaaami.»

Girai la testa e vidi Ava in cima alle scale buie, dove, a quanto pareva, stava origliando. Non riuscii neanche ad arrabbiarmi, però. Cercai di nascondere il sorriso. «Perché lo pensi?»

Lei si illuminò in volto mentre scendeva per parcheggiarsi a metà scala. «È assolutamente così. Lo vedo. Non riesci a toglierti quell'espressione dalla faccia.»

«Quale espressione?» Ma risi, perché sapevo di avere un sorriso stupidissimo.

«*Quella*. Come se stessi per svolazzare via su una soffice nuvoletta di amooore.» Fece una risatina. «Lui aveva lo stesso sguardo.»

A quell'osservazione, il mio cuore sobbalzò. «Davvero?»

«Già. Sembrava che volesse mandarti bacetti di continuo.»

La mia soffice nuvoletta d'amooore si oscurò un po', mentre i dubbi sibilavano come pioggia. *E se cambiasse idea? E se i suoi genitori dessero di matto e lui tornasse a nascondersi? Se tornasse da Candace? Se decidesse che io alla fine non gli piaccio? Se l'è già cavata senza di me, in fondo.*

«Che succede?»

Tornando al presente, trovai Ava che mi guardava con la sua piccola fronte corrugata. «Niente. Devo solo scuotermi i dubbi di dosso.» Agitai gli arti in uno sfarfallamento spastico. «Vuoi aiutarmi?»

Battendo le mani con tanta gioia da farmi gonfiare il cuore, saltellò giù dalle scale. Ci scrollammo come cani folli appena usciti dal laghetto, ballonzolando dappertutto, fino a crollare ridendo a crepapelle accanto all'albero di Natale. Papà era incollato alla partita, e mamma alzò lo sguardo dal lettore ebook per chiedere se avevo corretto lo zabaione con l'alcol.

Il miglior Natale di sempre.

Capitolo nove

Gavin

30 dicembre

DAL FONDO DEL vialetto, potevo vedere mio padre che lavorava nel nostro garage. Il giorno grigio stava sbiadendo in fretta e la luce brillava intorno al rettangolo marrone della porta. Salutai con la mano Candace e i suoi genitori che ripartivano con un'allegra strombazzata di clacson, poi strizzai gli occhi guardando in fondo alla strada. Gli Yates vivevano dieci case più in giù, quasi alla fine dell'isolato, e non riuscivo a capire se avessero le luci accese.

La porta del garage si aprì con un ronzio, scomparendo verso l'alto. Mio padre comparve in jeans e giaccone invernale, pulendosi le mani su uno straccio con un gran sorriso e un ventaglio di rughe intorno agli occhi e alla bocca. Provai un dolore sordo. «Ecco il mio ragazzo! Ti sei diverti-to?» Mi strinse in un abbraccio e io mi aggrappai a lui. Odorava di olio da motori e caffè e *papà*.

«Ehi,» bofonchiai.

Indietreggiò e lanciò uno sguardo lungo la strada. «Speravo di salutare Candace e i suoi. Vi siete divertiti sui pendii?»

«Sì. Dovevano andare, mi spiace.» Una bugia spudorata. Anche loro avrebbero voluto salutarlo, ma dovevo parlargli prima che l'oppressione nel petto mi frantumasse le costole. Cercai di sorridere. «Sembra che anche tu ti sia divertito sulla spiaggia. Bell'abbronzatura.»

«Niente male, eh?» I suoi denti sembravano più bianchi del solito. Era alto quanto me e ci somigliavamo, anche se lui aveva i capelli neri. Io avevo preso il mio castano ramato dalla mamma. Il suo sorriso sbiadì. «Tutto okay? Entra, su: stiamo lasciando uscire il calore.»

Lo seguii nel garage, trascinando la mia valigetta sui mucchietti di neve indurita ancora sparsi sull'asfalto. Premetti il grosso pulsante per richiudere la porta, che si abbassò con un altro ronzio mentre scrutavo lo spazio familiare che mi circondava. Era un garage a due posti, con l'Audi di mamma parcheggiata sulla sinistra. Papà aveva attaccato una stufetta alla presa elettrica vicino al piano di lavoro. Lo spazzaneve era per terra senza rivestimento, con il meccanismo interno esposto.

Lui si grattò la testa. «Questo cavolo di aggeggio ha smesso di funzionare. Hai voglia di farmi luce con la torcia?»

Ero così tentato di raccogliere la torcia e fingere che tutto andasse bene. Sarebbe stato semplicissimo. Sorridere e annuire e ridere nei momenti giusti, come avevo fatto negli ultimi quattro anni.

«Gav?» Papà si rialzò dallo spazzaneve su cui si era chinato. «Che succede?»

Mi tolsi i guanti di Little America e ci giocherellai. «Finora non te ne avevo parlato, ma alla fine ho fatto il viaggio con un vecchio compagno di scuola. È stata una coincidenza: stavamo cercando entrambi di noleggiare un'auto.»

Sorrise esitante. «Davvero?»

Non mi concessi di distogliere lo sguardo. «Era Charlie Yates.»

Il suo sussulto fu come uno schiaffo in faccia. Cercò di sorridere. «Oh, quello che vive in fondo alla strada?»

«Sai benissimo chi è, papà. È il ragazzo che ho baciato a quattordici anni. Quello con cui non ho più parlato dopo che ti ho raccontato cosa era successo. Il ragazzo che ho amato per tutti questi anni, anche quando cercavo di odiarlo.»

Lui si accigliò. «Gavin… Non so cosa vuoi che dica.»

«Voglio che tu dica che va bene! Che mi ami così come sono, che sono sempre lo stesso e che questo non cambia nulla.» Il respiro mi rimase incastrato in gola. «È quello che avrei voluto sentirti dire quattro anni fa. Ero così spaventato, papà. E avevo bisogno che mi dicessi che era tutto a posto. Ho passato quattro anni a nascondermi e mentire a me stesso e a tutti gli altri. Ho mentito a Candace. Sono fortunato che sia ancora mia amica. E tutto perché avevo paura che non mi avresti più voluto bene.»

I suoi occhi si riempirono di lacrime. «Certo che ti voglio bene. Come hai potuto dubitarne? Se tu...»

«Se io cosa, papà? Che cosa avrei dovuto fare? Mi hai detto che ero confuso. Sembravi così convinto. Ho pensato che dovevi avere ragione. *Volevo* che avessi ragione, perché era chiaro che se fossi stato gay, avrei dovuto vergognarmene.»

«No.» Parlò con fermezza. «Non ho mai detto questo.»

«Mi hai detto di non dirlo alla mamma!» Il mio grido riempì il garage e restammo a fissarci nel silenzio che seguì. Il dolore mi graffiò, svuotando un altro pezzo del mio cuore. «Se non fosse stato qualcosa di cui vergognarsi, perché l'avresti detto? Cos'altro avrei dovuto pensare? Sono venuto da te perché mi fidavo. Perché avevo bisogno del tuo aiuto.»

Una ventata d'aria calda mi raggiunse e voltandomi vidi mia madre sulla soglia della porta che conduceva in casa. Indossava le ciabatte, un paio di pantaloni eleganti e il suo bel maglioncino di cachemire verde, segno che aveva preparato una cena di cui andava orgogliosa. Dato che stava in piedi sul primo dei tre gradini, per una volta avevamo la stessa altezza. «Ti ha detto di non dire alla mamma che cosa?»

«Andrea, è tutto okay. Torna dentro, noi arriviamo subito.» Papà si stampò in faccia un sorriso e si pulì le mani con uno straccio. «Stiamo giusto finendo.»

«Sono gay, mamma.» Le parole rimasero sospese nell'aria, mentre la stufetta ronzava e la TV mormorava lontano.

Mamma spostò lo sguardo tra me e mio padre. «Come?»

«Mi hai sentito. Sono gay.»

Scosse la testa con un piccolo sbuffo. «Come? Gavin, è assurdo. È uno scherzo?»

«Andrea, lasciami parlare con lui e...»

«No, papà. Dovete sentirlo entrambi. L'ho nascosto per troppo tempo. Sono gay. Lo sono sempre stato e sempre lo sarò. Sono nato così.»

«Ma com'è possibile?» Mamma mi fissò incredula. «No, tesoro. Tu e Candace. La ami.»

«È vero. Ma non in quel senso.»

«Non capisco. Tu e Candace eravate così felici. È successo qualcosa al college? So che San Francisco ha una mentalità liberale e questo può confondere...»

«Sono sempre stato gay. Non è niente di nuovo.»

Lei si avvolse le braccia intorno allo stomaco e fece un passo indietro, fissando mio padre. «Non capisco.»

Papà sospirò. «Gavin, sei sicuro di non essere...» Mosse una mano.

«No, papà. Non sono confuso. Non lo ero allora e non lo sono adesso. Non è una fase. Lo sarò sempre. Sono nato così.»

«Quindi stai dicendo...» Mamma sbatté le palpebre come un gufo. «Ma non ho mai pensato... Sono tua madre. Avrei dovuto saperlo.» Si premette la mano sulla bocca. «Avrei dovuto saperlo!»

Volevo darle ragione, ma non sopportavo di ferirla ancora di più. «Non è colpa tua se non te l'ho mai detto.»

Le lacrime le scivolarono lungo le guance. «Ma Gavin...»

«So che non è quello che volevi sentire, mamma.»

Si torse le mani. «Ti perderai così tante cose.»

«Forse alcune saranno diverse, ma...»

«*Alcune*?» Scosse la testa. «E i bambini? I *miei* nipotini?»

«Eh? Che cosa c'entrano?» Mi veniva quasi da ridere, era così surreale. «Ho diciott'anni. Passerà un bel po' prima che abbia dei figli.»

Lei serrò le labbra. «Ma se sei gay, allora…»

Inspirai a fondo, cercando di controllarmi. «Le persone gay possono avere dei figli, mamma.»

«Oh, Gavin. No. Non è giusto! I bambini hanno bisogno di una madre e di un padre.»

«I bambini hanno bisogno di genitori che li amino per quello che sono!» Il mio urlo fu inghiottito dal cemento.

«Tesoro, pensa a tutti gli ostacoli che dovrai affrontare se farai questa scelta! Jake, parlargli tu.» Si voltò verso mio padre. «Non vuoi questo per lui più di quanto lo voglia io.»

Papà scosse la testa. «Non è una scelta. Vero, Gavin?»

Mi bruciavano gli occhi, ma riuscii a rispondere senza singhiozzare. «Proprio no. Ho cercato di scegliere. Quando papà mi ha detto che ero confuso, ho voluto credergli. Non volevo deludervi.»

«Oh, Gavin. Mi dispiace.» Papà si passò una mano sul viso. «Dio. Mi dispiace così tanto.»

Mamma lo fulminò con lo sguardo. «A quando risale di preciso questa conversazione?»

«All'estate in cui ci siamo trasferiti qui,» risposi. «Appena prima di cominciare le superiori. Quell'estate ero amico di Charlie Yates. Non conoscevo nessun altro e passavamo ore insieme tutti i giorni. Ricordi?»

«Ricordo. Era un bravo ragazzo. Ho immaginato che vi foste allontanati. Non ci ho mai fatto molto caso.»

«Il fine settimana del Labor Day, noi... ci siamo baciati. Abbiamo pomiciato.» Aspettai di vedere se avrebbe sussultato o fatto una smorfia o persino vomitato, ma si limitò a guardarmi con fermezza. «Poi siamo andati a una festa e ho conosciuto Candace. Le sono subito piaciuto, ma lei a me non piaceva come Charlie. Ho raccontato tutto a papà e lui mi ha detto che ero confuso. Che non ero gay.»

Tirai rumorosamente su con il naso, asciugandomi le lacrime che mi colavano lungo il viso prima di proseguire. «Ma sapevo di esserlo. Lo sapevo. Mi ero già preso cotte per altri ragazzi, anche se non l'avevo mai ammesso a me stesso. Ma ho avuto paura, così ho cercato di essere etero. Sono uscito con Candace e non ho mai più rivolto la parola a Charlie. È stato terribile, quello che ho fatto. Meritavano entrambi di meglio. Li ho feriti tantissimo.»

«Non è stata colpa tua,» disse papà.

«Certo che sì, invece! È stata anche tua, ma alla fine si è trattato di una mia scelta. Ho pensato che, se fossi stato abbastanza forte, avrei potuto farcela. Avrei potuto essere la persona che volevate.»

Mamma si premette la mano sul petto. «Oh, tesoro.»

«Non posso, però.» Spostai lo sguardo dall'uno

all'altro. «Sono gay e non ho più intenzione di fingere. Charlie mi odiava per il modo in cui gli ho dato le spalle, ma adesso mi ha perdonato. Abbiamo fatto il viaggio insieme e siamo tornati amici. Più che amici.»

«Tu e Charlie?» Sbatté le palpebre, e mi sembrò quasi di vedere le sue rotelle che giravano mentre cercava di elaborare l'informazione.

«Abbiamo fatto sesso,» rivelai di getto. «Sono gay. Tipo, ufficialmente.» Dovevo essere rosso come un peperone, ma avevo bisogno di mettere tutte le carte in tavola.

Lo squillo acuto del cellulare di mio padre sul banco di lavoro ci fece sobbalzare. Papà lo afferrò e premette il tasto della suoneria. Dalla TV dentro casa, uno scoppio di risate false da sitcom riempì il silenzio.

Mamma mi guardò con un tale dolore che sentii l'impulso di voltarmi. «Non so cosa dire, Gavin. Sei mio figlio e ti amo più di qualunque altra cosa al mondo. Ma questo non è quello che voglio per te. Non è... Non so cosa pensare. Avevo dei sogni per te. Sogni di come sarebbe stata la tua vita. Questo... Questo ti rovinerà tutto, tesoro.» Le lacrime ripresero a scorrerle lungo le guance. «La tua vita sarà così difficile. Non puoi volerlo. Non davvero.»

«Io penso...» Papà aveva la voce roca e si schiarì la gola. «Penso che abbiamo solo bisogno di un po' di tempo per abituarci.»

A voce bassa, dissi: «Hai avuto quattro anni, papà.»

Lui lasciò cadere la testa in avanti e mamma continuò a piangere. Di colpo, non riuscii più a stare lì. Indietreggiai e schiacciai il dito contro il pulsante della porta del garage. Si alzò con uno scatto meccanico. «Vado da Charlie. Ci sentiamo più tardi.»

Il sale scricchiolò sotto i miei scarponi mentre attraversavo l'isolato di corsa. Le luci di Natale brillavano dalle case a cui sfrecciai davanti, colori confusi mentre cercavo di smettere di piangere. Raggiunto il vialetto degli Yates, mi fermai dietro il loro SUV e trascorsi qualche minuto a fare lunghi respiri. Ero in condizioni pietose, pieno di moccio, e dovevo recuperare il controllo prima che…

«Gavin?» La voce di Charlie risuonò nella notte. «Sei tu?»

Si era infilato gli scarponi e percorreva il vialetto con addosso solo un maglione e un paio di jeans, cercando di vedere nel buio. Mi asciugai il viso e tentai di sorridere, ma non dovetti avere successo a giudicare da come sgranò gli occhi e si precipitò a stringermi tra le braccia.

«Che cosa è successo? Gav?» Non riuscii a fare altro che singhiozzare mentre mi massaggiava la schiena. «Shhh. Va tutto bene. Sono qui.»

Ed era vero. Dio, Charlie era lì, e il calore mi

inondò, smussando i bordi frastagliati del mio spirito. «Grazie.»

Mi zittì di nuovo e, pur essendo più grande di lui, le sue braccia mi fecero sentire così al sicuro. Le temperature erano sotto lo zero, ma rimase a stringermi nel suo vialetto per quelle che sembrarono ore, finché non fui in grado di reggermi in piedi e formulare frasi di senso compiuto. Gli raccontai che cosa era successo e lui serrò la presa sulle mie mani.

«Cambieranno idea,» insistette. «Ne sono sicuro.»

«Non puoi saperlo per certo. Voglio crederci, ma...»

«Invece lo so, sei troppo fantastico perché non lo facciano. Metabolizzeranno la cosa, risolveranno le loro stronzate e alla fine andrà tutto a posto. Davvero. Non sono cattive persone. Non sto dicendo che non avrei voglia di andare lì e urlargli contro, perché vorrei farlo. Cioè, tantissimo. Per un'ora almeno. Ma non sono cattivi. Ti vogliono bene. Si risolverà tutto. Non sopporteranno di perderti. Fidati.»

Tirai su col naso un paio di volte, deglutendo un po' di moccio. «Non ti merito.»

Alzò gli occhi al cielo. «Scendi da quella croce. Qualcuno ha bisogno del legno.»

La risata che mi strappò fu del tutto inaspettata e *meravigliosa*. «Immagino che si possa dire così.»

«Non è che non abbia fatto anche io la mia

bella quantità di mosse da stronzo. Non sei perfetto. Di certo non lo sono io. Nessuno lo è.»

«Dio, ti amo.» Le parole mi uscirono con tanta naturalezza che non mi accorsi di averle pronunciate finché Charlie non rimase a bocca aperta. «Voglio dire…» Tirando indietro le spalle, inspirai a fondo. «In realtà, volevo dire proprio questo. Ti amo, Charlie. Per tutti questi anni, ti ho guardato da lontano e ti ho amato. E sono stato un codardo. Tu soffrivi e avevi paura e stavi affrontando un incubo, e io non ho avuto nemmeno il fegato di esserti amico. So che sono passate solo… quanto, appena due settimane da quando abbiamo ripreso anche solo a *parlarci*, e non mi aspetto che…»

Mi premette il dito freddo sulle labbra. «Ti amo anche io. Anche quando mi dicevo che ti odiavo, ti amavo lo stesso. Sei sempre stato tu, Gavin.» Con mani tremanti, mi strinse il viso e mi baciò la fronte, il mento, entrambe le guance e la punta del naso, le sue labbra un bisbiglio contro la mia pelle. «E sempre lo sarai.»

Rischiavo di ricominciare a piangere, così lo baciai, invece, e lasciai andare il passato, afferrando la gioia con entrambe le mani.

Charlie

NON ERA ANCORA mezzanotte quando aprii piano la porta della stanza degli ospiti, grattando appena le unghie smussate sul legno. Come sospettavo, Gavin era sveglissimo. Raggiunsi il letto in punta di piedi e gli premetti un bacio sulle labbra.

«Charlie, non sono davvero... Potremmo non...» Mosse una mano tra di noi.

Gli scostai i capelli folti. «Non sono qui per il sesso. Volevo solo vedere come stavi.»

«Oh.» Con un sorriso dolce che gli sbocciava sul volto, sollevò il piumino. Scivolando al suo fianco, mi rannicchiai contro di lui intrecciando i piedi ai suoi. Girati di fianco l'uno di fronte all'altro, vedevo la sua espressione alla luce della sveglia digitale. Allungai un braccio e gli feci scorrere il dito lungo le sopracciglia.

«So che è difficile,» mormorai. «Ma cambieranno davvero idea.»

«Per te non è stato difficile.»

«Non proprio. Hanno detto tutte le cose giuste. Mi hanno sostenuto e hanno fatto in modo che lo sapessi. Ma ho avuto comunque la sensazione che le cose fossero cambiate. Come se mi stessero guardando con occhi nuovi.»

«In che senso?»

Gli spinsi le mani sotto la maglietta per giocherellare con i peli del suo petto. Avevo parlato sul serio dicendo che non ero lì per il sesso, ma adesso che ne avevo la possibilità volevo toccarlo di continuo. «Tipo, a volte guardavamo una partita dopo essere stati in ospedale tutto il giorno, e io facevo un commento su un giocatore. Sai... "Ramirez ha proprio un braccio pazzesco" o roba simile. E loro mi guardavano e poi guardavano la TV, come se si stessero chiedendo se volessi scoparmelo. All'inizio era imbarazzante.»

«Ma adesso non più.»

«No. Con Ava malata, non avevano proprio tempo per pensare a me.»

Corrugando la fronte, Gavin mi massaggiò il fianco con la mano. «Mi dispiace.»

«No, non ce n'è bisogno. Non dovrei... Ne parlo come se mi avessero trattato male. Certo che pensavano ancora a me. Mi volevano ancora bene. Hanno sempre fatto in modo che lo sapessi. Ma in qualche strano modo, questo ha tolto la pressione. Se avessi voluto scoparmi un giocatore di baseball, mi avrebbero detto: "Certo, fantastico, come preferisci".»

«Capisco cosa intendi.» Mosse la mano sul mio fianco, insinuandola sotto i pantaloni del pigiama per tracciare cerchi con il pollice.

«Ho conosciuto Tim e non hanno fatto una piega. Sono stato molto fortunato da quel punto di vista.»

Lui increspò il labbro, fermando la mano. «Giusto. *Tim.*»

Colto da un'illuminazione improvvisa, cercai di soffocare la risata. «Cavolo, sei geloso?»

Sembrò sul punto di negarlo, ma poi scrollò le

spalle. «Puoi giurarci. Un giorno l'ho visto che veniva a prenderti a scuola e mi è venuto da vomitare.»

«Adesso sai cosa provavo a vederti con Candace ogni santo giorno.»

Di colpo c'era una strana tensione nell'aria, non avevamo smesso di toccarci ma eravamo immobili.

«Dev'essere stato bruttissimo,» sussurrò.

«Sì. Ma adesso è finita.» Gli allargai le mani sul petto, sfregando i capezzoli con i pollici.

Gavin strusciò il naso contro il mio. «Amo toccarti.» La sua mano scese sulla mia natica e con le dita stuzzicò il solco.

«Anche io amo quando mi tocchi.» Scacciai il suo sorriso con un bacio, esplorandogli la bocca, passandogli le mani sul ventre per seguire la striscia di peli che portava all'inguine.

«Pensavo che non fossi qui per il sesso,» mormorò contro le mie labbra.

Con – non per vantarmi – un'impressionante fermezza interiore, mi tirai indietro. La sua mano si bloccò sul mio sedere. «Infatti. Possiamo solo parlare.» Gli sfiorai la guancia con le nocche. «So che stai soffrendo.»

«In realtà non penso di avere altro da dire. O mi accettano, o non mi accettano. Ora vorrei soltanto… Vorrei che mi baciassi fino a far passare tutto.»

E così feci.

Ci baciammo e baciammo, dolci e osceni e bagnati, e non ci volle molto perché ci sbarazzassimo dei vestiti. Avrei potuto davvero passare la notte solo a baciarlo e strusciarmi contro il suo stomaco. Lui rotolò sopra di me, eccitato e pesante, e allargai le gambe per fargli spazio.

«Mi sei mancato così tanto in questi giorni,» borbottò. «*Anni.*»

Il cuore mi si strinse e gli presi il viso tra le mani, rallentando il tutto con un bacio delicato. Agganciai la gamba alla sua, strusciandomi con ritmo costante. «Anni,» gli feci eco. «Ora possiamo rifarci del tempo perduto. E sappiamo cosa stiamo facendo, il che rende tutto più divertente.»

Lo sbuffo della sua risata imbarazzata mi scaldò il viso. «*Tu* sai cosa stai facendo.»

«Impari molto in fretta. Fidati.»

«Ho sognato questo momento così tante notti. Non posso crederci che siamo davvero qui.» Mi baciò la guancia, facendomi sciogliere dentro anche mentre ci strusciavamo l'uno contro l'altro, sempre più eccitati.

«Dimmi cos'altro sognavi.»

Sbatté le palpebre. «Non lo so. Roba. Ti ho detto quasi tutto. Sai, con il coso.»

«Mmm.» Facendogli scivolare la mano lungo la schiena, tracciai la sua apertura con il polpastrello. «A quale coso ti riferisci?»

«*Charlie.*»

Avrei giurato di poter *sentire* il calore del suo rossore. «Intendi quando ti scopavi con il dildo immaginando che fosse il mio cazzo?»

«Sì,» sussurrò, sfregando in modo delizioso il sesso contro il mio.

Trattenendo un ansimo, chiesi: «Su quali altre cose fantasticavi?»

«Solo quello. Cose e basta.» Mi baciò con impeto, impedendomi di rispondere.

Lo lasciai fare per un po', sfiorandogli la lingua con la mia e sentendo il sesso colare. Poi mi tirai indietro. «Che succede? C'è qualcosa che non mi vuoi dire.»

Lui chinò la testa per succhiarmi la clavicola. Intrecciando le dita nei suoi capelli, lo accarezzai. «Puoi dirmi tutto. Lo sai, vero? Pensi che sia troppo strano?»

Alzando la testa di appena qualche centimetro, Gavin sospirò contro la mia pelle. «È un po'… estremo.» La sua voce era attutita contro il mio collo. «L'ho visto nei porno, ma non so se, sai. Se lo fanno anche le persone normali, o solo le porno star.»

«Be', adesso *devi* dirmelo, o immaginerò ogni genere di roba assurda.»

La sua risata fu uno sbuffo umido. Tenne la testa bassa. «È il rimming, okay?»

Il mio cervello esplose.

Dopo un attimo, lui chiese: «È strano?»

In qualche modo riuscii a rispondere. «Se per "strano" intendi super erotico, allora certo.» Il mio uccello pulsò e mi spinsi contro di lui.

Gavin alzò la testa di scatto. «Davvero? Hai…?»

«A-ha. Non è mai venuto fuori, per così dire.»

«Ma ti piacerebbe?» Aveva un'espressione così entusiasta che sembrava un cagnolino. Un cagnolino che si strusciava duro contro di me.

«Ti sei fatto la doccia prima di venire a letto, vero?»

Mentre annuiva, lo stavo già spronando a scostarsi e girarsi sullo stomaco. Divaricò le gambe con fare così affamato che sentii contrarsi i testicoli. Mi inginocchiai dietro di lui. «Lo vuoi? Vuoi che ti scopi con la lingua?» Forse sembravo un porno patetico, ma con Gavin amavo dire quelle cose ad alta voce.

Lui piagnucolò, letteralmente, annuendo frenetico. Dovevamo fare piano e non vedevo l'ora di potermelo portare di nuovo a letto senza la mia famiglia in fondo al corridoio. Accantonai quei pensieri e gli allargai le natiche. «Devi stare zitto, okay?»

Annuì di nuovo e io guardai la rosetta di muscoli. Non vedevo molto nella notte torbida, così mandai al diavolo le esitazioni. Chinandomi, lo aprii e gli affondai il viso nel sedere, leccando intorno all'apertura. Gavin scattò, soffocando il grido nel materasso. Per il momento, tutto okay. Leccai di nuovo, passando la lingua lungo il solco.

Mentre Gavin tremava e alzava i fianchi per chiedere di più, lo tenni fermo e cercai di spingergli dentro la lingua. Non so bene che sapore mi aspettassi, ma a parte il sentore un po' salato del sudore causato dai nostri strusciamenti, non aveva un gusto diverso dal resto del suo corpo.

Non sapevo davvero cosa stessi facendo, ma sembrava piacergli. In effetti, pareva adorarlo, i suoi gemiti soffocati mi eccitavano così tanto che mentre lo leccavo dovetti stendermi e strusciarmi contro il letto.

Gavin tremava dappertutto, e massaggiandogli i testicoli con una mano sputai nella sua apertura e cercai di leccare più a fondo. Forse era strano e forse le "persone normali" – chiunque fossero – non lo facevano, ma amavo avere la faccia affondata tra le sue natiche.

Immaginai di ricevere lo stesso trattamento da lui e gemetti contro la sua pelle. Con un tremito possente Gavin venne, mugolando nelle lenzuola. Io mi afferrai il sesso e qualche strattone bastò perché mi unissi a lui, travolto dal piacere. Ansimai contro il suo sedere.

Appoggiai la guancia su uno dei glutei, riprendendo fiato. Gli massaggiai pigramente il retro della coscia, sentendo che gli occhi mi si chiudevano. Sarebbe stato meraviglioso addormentarsi lì, con il suo sedere come cuscino.

«Devo tornare in camera mia,» mormorai. Ma ancora non mi mossi, muovendo le dita su e giù lungo la sua gamba.

«Mmm.»

Dopo un altro minuto mi alzai, spingendomi sopra di lui e risalendo di baci la sua spina dorsale. «Ti è piaciuto?»

«È una domanda trabocchetto?» Dopo un attimo, chiese: «A te?»

Sorrisi e strusciai il naso sulla sua nuca, sostenendomi con le mani. «Tantissimo.»

«Sono felice che abbiamo potuto... fare qualcosa di nuovo per te.»

Aveva il viso girato e mi stesi accanto a lui perché potessimo baciarci ancora. Non mi sarei mai stancato di baciarlo. «È tutto nuovo,» mormorai.

Gavin corrugò la fronte, indietreggiando appena e rotolando sul fianco per fronteggiarmi del tutto. «Ma avevi già fatto delle cose.»

Gli passai il palmo sui capelli spettinati. «Non era nulla in confronto. È diverso, con te.» Chinandomi, premetti le labbra sulle sue. «È diverso quando sei innamorato.»

Lui mi strinse tra le braccia, tanto forte che per un attimo mi mancò il respiro.

Ma respirare era sopravvalutato.

Capitolo dieci

Charlie

31 dicembre

«VUOI FARE QUELLA battaglia a palle di neve?»

Gavin aveva gli occhi gonfi, ma sorrise ardito ad Ava dal suo posto accanto a me sul divano del soggiorno. «Sempre.»

Lei batté le mani e mi lanciò un gran sorriso. «Ha dato la risposta giusta!»

«Certo che sì. È entrato a Stanford, dopotutto. Adesso va' a fare pipì, prima di metterti la tuta da sci.» Ava schizzò via e io feci l'occhiolino a Gavin. «È uno dei nostri scambi segreti. Ogni volta che qualcuno ti chiede se vuoi fare qualcosa di divertente, la risposta è "sempre", a prescindere da tutto. Sicuro che te la senti, però?»

Si era mostrato molto deciso riguardo al fatto di non voler parlare, e avevamo passato il giorno a guardare film, giocare ai videogame e stare in generale svaccati sul divano. Gavin aveva controllato il telefono un milione di volte, e io avevo resistito a stento all'impulso di marciare in fondo alla strada per ordinare ai suoi di smetterla di fare i coglioni.

«Certo! Sto bene, Charlie. Davvero.» Si infilò in bocca un'altra delle famose polpette di mia madre.

«Mmm-mmh. È quello che continui a ripetere. Possiamo andare da loro, sai. Parlargli un altro po'. I miei possono dare una mano. Hanno detto che l'avrebbero fatto.»

«No, è la vigilia di Capodanno. Devono essere secoli che i tuoi non si godono una serata romantica. Non sarebbe giusto.» Si rigirò uno stuzzicadenti tra le dita, guardandolo con fare intenso. «Prima o poi dovranno parlarmi. Su, abbiamo fatto una promessa ad Ava.»

I miei genitori arrivarono al piano di sotto mentre ci preparavamo. Feci un fischio. «Siete dei veri figurini.»

Mamma mi diede uno schiaffetto sulla spalla e ruotò su se stessa, facendosi svolazzare il vestito cremisi intorno alle ginocchia. «Niente male per una vecchia bacucca, eh?»

«Sta benissimo, signora Yates,» disse Gavin.

Papà infilò il soprabito sul completo elegante e offrì il cappotto alla mamma. «D'accordo, hai i numeri di telefono, Charlie?»

Alzai gli occhi al cielo. «La Guardia Nazionale è in attesa. Andate! Divertitevi!» Intrappolai in una morsa scherzosa mia sorella che ridacchiava. «Cercherò di farvela ritrovare tutta intera.»

Mamma mi ignorò e si rivolse a Gavin. «Tieni-li d'occhio.» Poi tese le braccia verso Ava. «Ci vediamo presto, d'accordo?» La strinse forte e le diede un bacio sulla testa. «Se hai bisogno di qualcosa...»

«*Maaamma*, sto bene.» Ava la lasciò andare e terminò di chiudersi la cerniera della tuta da sci. «Charlie si prende sempre cura di me. E c'è Gavin per prendersi cura di lui.»

Mamma e papà si scambiarono uno sguardo, esitando sulla soglia. Sapevo che era la prima volta che si separavano da lei dopo anni: *letteralmente* anni, soprattutto per mamma. Li guardai, serio. «Godetevi la cena. Vi chiamerò se dovesse succedere qualcosa.»

Annuirono e mamma mi baciò la guancia per poi passare il pollice sul segno del rossetto. Restammo sulla porta a salutarli mentre partivano in auto, dopodiché mia sorella batté le mani coperte di lana. «Forza, andiamo!»

Aveva nevicato a intermittenza per tutto il giorno, e mentre raggiungevamo il parco a qualche isolato di distanza Ava sfrecciò in avanti, divertendosi a lasciare tracce fresche sulle distese di bianco immacolato. Poi tornò indietro e alzò le braccia verso di me.

«A cavalluccio!»

Finsi di rifletterci. «Cavolo, Orsetta, non lo so. Ormai sei diventata grossissima.»

Ruggì e mi tirò giù per potersi arrampicare sulla mia schiena. Le ginocchia dei jeans mi si infradiciarono di neve, ma me ne fregai e partii di corsa. Pesava davvero molto di più, adesso, e fu bellissimo dovermi fermare e aggiustare la stretta per issarmela più in alto.

All'ingresso del parco lanciai un'occhiata a Gavin, che trotterellava dietro di noi con un gran sorriso. Fiocchi di neve soffice cadevano nella brezza tranquilla, impigliandosi nei suoi capelli folti. Tutt'intorno brillavano le lucine di Natale, gli alberi del parco erano stati decorati da cima a fondo dal comitato del quartiere.

Le piante e i cespugli al di là dell'area giochi offrivano nascondigli eccellenti, e scoprimmo che alcuni ragazzini avevano avuto la nostra stessa idea. A quanto pareva, Ava li conosceva dalla scuola, e si misero a chiacchierare dei regali di Natale.

Io rimasi indietro a guardarli, sorridendo. Quando Gavin mi lanciò un'occhiata perplessa, mi chinai verso di lui e mormorai: «È così bello vederla fare cose normali. È stato molto difficile per lei fare avanti e indietro dall'ospedale e perdersi tutti quei giorni di scuola.»

«Okay, allora siamo noi contro voi due,» annunciò Ava, raggiungendoci a grandi passi con i due ragazzini in coda.

«Tre contro due? Gavin, sento che ci hanno teso una trappola.»

Lei si limitò a ridere. «Siete tutti e due grandi, è giustissimo. Noi andiamo laggiù, voi restate qui.»

«Quindi, quali sono le re...» Una palla di neve mi colpì dritto in faccia e sputacchiai mentre Gavin mi tirava per il braccio. Ci riparammo dietro alcuni arbusti.

Rise. «A quanto pare, le regole non esistono.»

«Se ne pentiranno!» annunciai teatrale. Ci mettemmo al lavoro per fare scorta di munizioni, lanciandole con strategia. Mi alzai per scagliarne una e fui di nuovo colpito in pieno, dritto sul naso. Mi tolsi la neve di dosso e serrai la mascella. «Se quello stronzetto non sta attento, lo stordisco con una palla di ghiaccio.»

«Charlie!» Gavin mi rivolse un sorriso esasperato. «È un bambino!»

«Aspetta, quindi non dovrei cercare di procurargli un trauma cranico?» Feci un sospiro profondo. «Resisterò alla tentazione, per questa volta. Ma solo perché ci sei tu, Santo Gavin.»

Ridacchiando, scosse la testa. «Okay, hai ragione. Ma ti informo che il tuo sarcasmo può essere molto convincente.»

«Solo per i tipi sinceri come te, tesoro.» Gavin si chinò per schivare una palla di neve e quando si rialzò sfoggiava un sorriso raggiante. Non riuscii a nascondere il mio. «Ti piace quando ti chiamo così?»

Arrossendo, si pressò un po' di neve nei guanti e annuì. «È carino.»

Lo era sul serio, vero? Cercai di pensare a una risposta spiritosa, ma non riuscii a fare altro che rubargli un bacio. Lui si sporse verso di me, tutto respiro caldo e labbra dolci…

Alla sensazione di ghiaccio bagnato sulla nuca lanciai una virilissima combinazione di strillo/sussulto: il subdolo bastardo mi aveva infilato una manciata di neve dentro la maglia! Balzai in piedi e saltellai in tondo, allungandomi all'indietro per toglierne quanta più possibile mentre Gavin ululava dalle risate.

Com'era naturale, Ava e i ragazzi ne approfittarono per bersagliarmi con altre palle di neve, e alla fine me ne restai lì in piedi ad accettare i missili che mi colpivano da ogni direzione. Le risate echeggiarono tra gli alberi mentre mi pulivo il viso fradicio con i guanti.

Puntai un dito d'accusa verso Gavin, accucciato per terra. «Mai fidarsi delle acque chete! E non credere di farla franca, sorellina! Avrò la mia vendetta!» Agitai il pugno.

Com'era prevedibile, finì che tutti si coalizzarono contro di me, e crollai sulla neve lasciando che si sfogassero. Riuscii a buttare giù anche

Gavin, però, e quando tornammo a casa rabbrividendo avevamo jeans e giacconi fradici. Cavolo, avrei voluto farmi una lunga doccia bollente con lui, invece ci comportammo da persone responsabili e indossammo degli abiti asciutti, prima di ordinare la pizza e sederci in soggiorno con Ava.

In breve, la testa di mia sorella mi ciondolò sulla spalla e lei si rialzò di scatto. «Sono sveglia!»

Ridacchiando, le diedi una pacca sul fianco, il braccio stretto intorno a lei. Ero al centro del divano con Gavin sulla sinistra e Ava sulla destra, a guardare la diretta da Times Square con lo stomaco pieno di pizza e il cibo spazzatura sparso di fronte a noi sul tavolino da caffè.

Forse avrei dovuto preferire qualche party sfrenato per la vigilia di Capodanno, ma ero proprio dove volevo essere. Mamma e papà ci avevano mandato una foto del ristorante raffinato in cui stavano cenando e i loro sorrisi splendevano. «Orsetta, forse è ora di andare a letto.»

Scosse la testa con foga, facendo volare i riccioli appena spuntati. «Non è ancora mezzanotte. Devo restare sveglia per la discesa della sfera. Mamma e papà hanno detto che potevo.»

«Lo so, ma sei cotta. Mancano ancora due ore.»

Si morse l'unghia del pollice. «Magari faccio un pisolino. Solo se prometti di svegliarmi prima di mezzanotte. Per favore? Voglio davvero restare alzata.»

«D'accordo. Ma perché è tanto importante? L'anno nuovo arriva lo stesso.» Le passai il palmo sulla testa.

«Perché non credevo che l'avrei visto. Quindi voglio essere sveglia per salutarlo.» Rispose con disinvoltura assoluta, come se la vita e la morte fossero qualcosa che affrontava ogni giorno: probabilmente perché era davvero così.

La gola mi si strinse e Gavin sbatté in fretta le palpebre. Le diedi un bacio sulla testa. «Mi assicurerò che tu possa vederlo, Orsetta. Giuro.»

Si addormentò quasi all'istante e Gavin mi tenne la mano mentre guardavamo Ryan Seacrest intervistare Taylor Swift, che probabilmente stava congelando in quell'abito senza spalline.

Gavin si schiarì la gola. «Ho una confessione da fare.»

Il mio cuore mancò un battito. «Ehm, okay.» Lanciai un'occhiata furtiva ad Ava raggomitolata contro di me, ma dormiva come un sasso.

«Mi piace Taylor Swift. Mi piace la sua nuova canzone e anche l'intero album, a dirla tutta.» Taylor punteggiò quella dichiarazione lanciandosi nel suddetto pezzo nuovo in TV. Si vedeva che stava cantando dal vivo, ed era davvero fantastica. E cazzo, la canzone era orecchiabile e divertente, proprio come *Shake it off*.

«Piace anche a me,» borbottai.

«Lo dici tanto per dire?»

«No.» Sospirai. «So che è difficile crederci, con la mia reputazione da super duro.»

Gavin rise. «È solo che... A scuola, quando giravi con la faccia truce e gli auricolari sempre nelle orecchie, ti immaginavo ascoltare, non so. Death metal scandinavo o roba simile.»

«Oh, ho un'enorme playlist di death metal scandinavo. Hai mai sentito i Bloody Fjords? Fantastici. Evocativi. E rumorosi. Senti, non sto dicendo di amare tutto il catalogo di T-Swift, ma dovresti essere morto dentro e di ghiaccio – un po' come i Bloody Fjords – per non battere i piedi con questo ritmo. Una bella canzone è una bella canzone. Non farò lo snob al riguardo.»

«Buono a sapersi.» Sul viso gli spuntarono le fossette. «Altra confessione: se mai ci capiterà di attraversare di nuovo il Paese in auto, voglio fermarmi a vedere il più grosso gomitolo di spago del mondo, o le statue di cera, o la banana enorme o quello che è.»

«Perché, Little America non era abbastanza pacchiana per i tuoi gusti?» ribattei con un sogghigno.

«Esatto. Voglio di più.»

«Fatti sotto. Posso farcela.» L'idea mi colpì con tanta forza che quasi balzai in piedi dal divano. «Perché non noleggiamo di nuovo un'auto, per il ritorno? Rimandiamo il volo alla prossima volta. Non abbiamo lezioni fino alla seconda settimana di gennaio. Se partiamo tra un paio di giorni, avremo il tempo.»

«Dici sul serio? Sì. Facciamolo. Questa volta senza gomma a terra e litigate.»

Alzai gli occhi al cielo. «Bello, ci hai appena portato sfiga. Tocca qualcosa di legno.» Alzai il braccio e gli bussai sulla testa.

I colpi leggeri alla porta d'ingresso arrivarono l'istante successivo, e io e Gavin ci fissammo, perplessi. Sgusciai fuori da sotto Ava, che si mosse appena quando la appoggiai sui cuscini. Uscii dal soggiorno e mi affrettai ad aggirare la cucina e scendere lungo il corridoio, chiedendomi se il tizio della pizza fosse tornato per sbaglio. Non che avessi ancora spazio per una sola altra fetta.

Forse avrei dovuto aspettarmi di trovare i Bloomberg lì in piedi avvolti in sciarpe e cappotti, con i volti tesi e gli occhi segnati di scuro. Ma li fissai a bocca aperta per almeno qualche secondo, prima di riprendermi quanto bastava per invitarli a entrare.

Si tolsero gli scarponi e, un po' impacciato, io presi i loro cappotti prima di farli accomodare nel salotto, che non usavamo quasi mai. Aveva la tipica atmosfera severa delle stanze in cui ricevere gente. Il mobilio era classico e impeccabile e i Bloomberg si appollaiarono sul divano mentre io andavo a prendere da bere e il loro figlio. Indossavano camice e pantaloni: non eleganti, ma neanche informali. Mi chiesi se avessero avuto dei programmi per la serata che avevano annullato.

Gavin alzò lo sguardo accigliato quando rientrai nel soggiorno. Sussurrai: «Sono i tuoi genitori,» e lo vidi sgranare gli occhi.

Rimasi in cucina, incerto se fosse il caso di offrire loro alcol o bevande analcoliche o altro ancora. Forse caffè? Tè? Cosa bevevano gli adulti, a quell'ora della sera e in casa altrui? Decisi di preparare un piccolo vassoio di bevande assortite. Decisi anche di prendere esempio da Ava e origliare spudoratamente.

«Tesoro, stai bene?» La voce della signora Bloomberg suonava roca.

«Sì. Cioè, ovvio, sono arrabbiato. Ma sto bene. Voi?»

«È stato un giorno difficile,» rispose lei. «Gavin...» Fece un sospiro profondo. «Tesoro, non avevo previsto che la tua vita prendesse questa direzione. Non posso dire di esserne felice. Ma non potevamo lasciare che passassi un'altra notte convinto che non ti vogliamo bene per quello che sei.» La sua voce si inspessì di lacrime. «Perché te ne vogliamo. Tantissimo.»

«Anche se sono gay?» Quella di Gavin tremava. «Perché lo sono.»

«Sì,» rispose il signor Bloomberg. «Sì. Abbiamo passato la notte svegli a discutere ed esaminare i diversi scenari di quella che adesso sarà la tua vita.

Continuavamo a tornare sempre sullo stesso punto. Che ti amiamo e sosteniamo.»

«Davvero?»

Tesi le orecchie per sentire la risposta sommessa del signor Bloomberg. «Figliolo, io...» Si schiarì la gola, parlando con più sicurezza. «Avrei dovuto dirtelo quattro anni fa. Non so spiegarti quanto mi pento per quello che ho fatto. Spero che tu lo sappia.»

«Vogliamo il meglio per te, e lo avrai.» Alla signora Bloomberg si incrinò la voce. «Sei il nostro bambino.»

Sbirciai da dietro l'angolo e li vidi in piedi vicino al divano, tutti e tre ad abbracciarsi e tirare su col naso. Cominciavo a commuovermi anche io, così mi concentrai sulle bevande. Dopo un minuto, entrai con il vassoio. «Ehm, posso offrirvi qualcosa da bere?»

Asciugandosi gli occhi, la signora Bloomberg guardò il vassoio e rise. «Saranno dieci anni che non bevo un'aranciata, ma certo.»

Neanche avevo fatto caso a quali lattine avessi tirato fuori dal frigo. «L'abbiamo presa per mia sorella.» Posai il vassoio sul tavolo e controllai le altre lattine che vi avevo sbattuto sopra. «Ci sono anche, ehm, *root beer* e *cream soda*. Ma sono quasi sicuro che mia madre abbia della Coca Light. O acqua?»

Lei sorrise gentile. «Voglio vivere pericolosamente, quindi prendo l'aranciata. Sempre che per tua sorella non sia un problema.»

«No, certo che no.» La versai in un bicchiere che avevo riempito di ghiaccio e gliela porsi. Diedi una *root beer* al signor Bloomberg e poi ci sedemmo, loro tre sul divano e io su una sedia. Cercai di trovare qualcosa da dire. Avevo la sensazione che i genitori di Gavin mi stessero guardando e pensando: *Ha fatto sesso con il nostro bambino.*

«Sono andata su Internet,» disse la signora Bloomberg.

«Non credevo che lo conoscessi.» Gavin sorrise della propria battuta.

«Ah-ah. Mi connettevo e navigavo sul web già quando ero incinta di te, giovanotto. Comunque, la prossima settimana io e tuo padre parteciperemo a un incontro in biblioteca. È organizzato dalla PFLAG, l'organizzazione dei genitori e gli amici delle lesbiche e dei gay. E presumo anche delle persone transgender.» Si voltò verso il marito. «È il termine giusto? Credo di sì. È quello che usano in *Orange is the New Black*, no?»

«Credo sia giusto, mamma. Ed è bello che andiate a questo incontro della PFLAG. Vi siete tenuti occupati.»

«Be', non sono il tipo che resta con le mani in mano. Se sono la madre di un ragazzo gay, imparerò tutto quel che c'è da sapere al riguardo.»

Avevo la sensazione che avrebbe imparato molto più di quanto Gavin potesse desiderare, ma era davvero fantastico.

Lui disse: «Bene. Ma... trovate ancora sbagliato che i gay abbiano dei figli? E che si sposino? Cosa ne pensate?»

I Bloomberg si scambiarono uno sguardo e fu suo padre a rispondere. «Non lo sappiamo. Abbiamo sempre pensato... Siamo sempre stati sostenitori del matrimonio tradizionale. Delle famiglie tradizionali.»

Uff. D'accordo, quello era molto meno fantastico. Dovetti mordermi letteralmente la lingua per trattenermi dall'urlare tutti i motivi per cui si stavano sbagliando. Gavin era cinereo e avrei voluto aggirare il tavolino da caffè e prenderlo per mano.

Il signor Bloomberg proseguì. «Ma quando pensiamo al padre meraviglioso che saresti... Be', è diverso quando si tratta di te. Cambia tutto. Ci fa guardare il mondo da una prospettiva del tutto nuova.» Si stropicciò il viso. «È una cosa grossa da metabolizzare. Ci sono tantissime questioni su cui dobbiamo riflettere. Ma, come ha detto tua madre, non sopportavamo l'idea che domani potessi svegliarti e pensare che non ti sosteniamo. Lo facciamo. Non sto dicendo che sarà tutto perfetto. Ma faremo del nostro meglio.»

Gavin rimase in silenzio qualche istante, mentre io fremevo per sapere a cosa stesse pensando. Alla fine, disse soltanto: «D'accordo. Faremo tutti del nostro meglio.»

«Torni a casa con noi?» chiese la signora Bloomberg. «Ci piacerebbe davvero tanto parlare insieme un altro po'.» Mi lanciò un'occhiata. «Non che non vogliamo parlare anche con te, Charlie. Ma si sta facendo tardi.»

«Dovreste andare a letto,» disse Gavin. «Tornerò dopo la mezzanotte. Possiamo riprendere il discorso domattina. Magari potresti fare i pancake?»

Lei annuì, asciugandosi nuove lacrime. «Ho dei mirtilli nel frigo. Cielo, è tantissimo tempo che non faccio i pancake.»

Gavin mi lanciò un piccolo sorriso. «Li ho mangiati l'altro giorno. Mi ha fatto tornare la voglia.»

Ci trascinammo in corridoio e, una volta che si furono rimessi gli scarponi, passai loro i cappotti.

Il signor Bloomberg mi tese la mano. «Grazie dell'ospitalità, Charlie. Immagino che ci vedremo presto.»

«Sì. Grazie.» Anche la mamma di Gavin mi strinse la mano, poi lei e il marito abbracciarono di nuovo il figlio.

In piedi sulla soglia, li guardammo avviarsi sotto la neve che cadeva delicata. Chiusi la porta e feci scattare la serratura, appoggiandovi contro la schiena. «È stato intenso.»

«Sì. Ma sono così felice che siano venuti.»

Aprii le braccia e ci stringemmo, mentre l'anno nuovo si faceva sempre più vicino.

«Cinque, quattro, tre, due... uno!»

Io, Ava e Gavin agitammo i sonagli comprati al discount e soffiammo nelle trombette di carta che si srotolarono con un fischio, saltando su e giù sulla spessa moquette del soggiorno.

«Buon anno!» urlò Ava, facendo una piroetta davanti all'albero di Natale e ridendo in modo meraviglioso.

«*Should old acquaintance be forgot, and never brought to mind?*»

"I vecchi amici andrebbero dimenticati, e mai riportati alla mente?"

Alle parole del vecchio e tradizionale canto di Capodanno, io e Gavin ci scambiammo uno sguardo, e quando ci baciammo fu così perfetto che quasi non lo sopportai. Strusciai il naso contro di lui. «Sono così grato per l'apocalisse di nebbia, e di neve, e di qualunque altra cosa.»

«Anche io.» Con un gran sorriso, Gavin mi sollevò e mi fece girare. «Ai nuovi inizi.»

«Pure io!» Ava alzò le braccia e lui la fece volteggiare nell'aria mentre io ridevo, sentendomi ancora a chilometri da terra.

Epilogo

Gavin

2 gennaio

«Q UINDI.»

«Quindi,» convenne Charlie.

Spinsi la chiave nell'accensione della nostra nuova auto a noleggio: una Toyota blu, questa volta. «Pronto?»

«Non lo so.» Charlie inspirò a fondo ed espirò, gonfiando le guance.

Il mio cuore mancò un battito. «Che cosa non sai?»

Mosse la mano tra di noi. «Quello che succederà una volta tornati a San Francisco.»

Con la bocca secca, chiesi: «Non pensi che riusciremo a farla funzionare?»

«Tu sei a Palo Alto. Io in città. È tipo, *un'ora* con il Caltrain. Sai cosa dicono delle relazioni a distanza.» Scosse la testa con finta solennità.

Il sollievo mi travolse e, anche se ero molto

tentato di dargli un ceffone sul braccio, feci la mia espressione più seria. «Hai ragione. Potrebbe essere troppo. Immagino che non avremmo dovuto sprecare tutti gli anni in cui abbiamo vissuto nello stesso isolato.»

Charlie si sporse a baciarmi. «Proprio no,» bisbigliò.

«Ci toccherà rifarci del tempo perduto.» Insinuai la mano sotto la sua maglia e gli accarezzai la schiena, sentendo i muscoli flettersi sotto le dita. «Vuoi cominciare adesso?»

Mi baciò di nuovo, spingendomi la lingua in bocca e strappandomi un gemito mentre mi schiacciava contro la portiera.

Lo presi come un sonoro sì.

Quando girai la chiave, qualche minuto dopo, Charlie collegò il cellulare all'autoradio e fece partire quella canzone di Taylor Swift. Cantando insieme a lei, orribilmente stonati e fregandocene del tutto, guidammo verso la superstrada e il nostro nuovo futuro, luminoso come il sole a ovest sull'orizzonte.

FINE

Biografia

Dopo aver scritto per anni senza aver mai trovato la giusta ispirazione, Keira ha trovato la sua voce nel gay romance, che è diventato poi la sua passione.

Scrive storie di genere contemporaneo, storico, paranormal e fantasy, e le piace una buona dose di delizioso angst all'interno di esse. Keira, però, crede fermamente nel lieto fine.

E come disse Oscar Wilde: "I buoni finivano bene e i cattivi finivano male. Questo è il significato della narrativa."

Leggi altre storie passionali e piene di sentimenti di Keira Andrews su:

KeiraAndrews.com